每个生命都要结伴而行

全新修订版

周国平

作品

湖南文艺出版社
HUNAN LITERATURE AND ART PUBLISHING HOUSE

博集天卷
CS-BOOKY

所谓出世，并非纯然消极，

而是与世间的事务和功利拉开一段距离，

活得洒脱一些。

每个追求者都渴望成功，

然而，还有比成功更宝贵的东西，

这就是追求本身。

每个生命都要结伴而行

人在多大程度上不依赖物质的东西，
人就在多大程度上是自由的。

人最宝贵的东西，一是生命，二是心灵，

而若能享受本真的生命，

拥有丰富的心灵，便是幸福。

我爱闲适胜于爱金钱。

金钱终究是身外之物，

闲适使我感到自己是生命的主人。

生而为人，

忙于人类的事务本无可非议，

重要的是保持心的从容。

成熟了，却不世故，依然一颗童心。

成功了，却不虚荣，依然一颗平常心。

兼此二心者，我称之为有真性情。

目录

Contents

第一章

人的高贵
在于灵魂

第二章

与世界建立
精神关系

第五章

在义与利之外

第六章

不敢善良

第七章

活出
真性情

人的高贵
在于灵魂

人的生命像芦苇一样脆弱，
宇宙间的任何东西都能置人于死地。
即使如此，人依然比宇宙间的任何东西高贵得多，
因为人有一个能思想的灵魂。

生命树上的果子

按照《圣经》的传说，人类一开始是住在伊甸园里的。那时候，人无忧无虑地生活着，不知什么叫苦恼，所以伊甸园又名乐园。伊甸园是一座美丽的大花园，里面栽着许多树。其中，有两棵很特别的树，一棵叫智慧树，一棵叫生命树。上帝禁止人类的祖先亚当和夏娃吃智慧树上的果子，可是，据说在一条蛇的诱惑下，他们终于偷吃了智慧果。上帝怕他们再偷吃生命树上的果子，便把他们赶出了伊甸园。

我们不妨把这则传说当作寓言来读。神与人的区别，无非一是无所不知的智慧，二是长生不老的生命。吃了智慧果，人已经有了神的智慧，不说无所不知，至少也比一般动物高明得多，懂得思考了。

一旦再偷吃生命果，与神一样长生不死，就和神没有什么区别了。所以，上帝当然不肯让人吃到生命果。与别的动物相比，人一方面有智慧，足以知生死，天下唯有人这种动物在活着时能预知自己的死亡，另一方面又和别的一切动物一样必死无疑。人就好像已经脱离了兽界的蒙昧，却又不能达到神界的不朽，这种尴尬的位置给人带来了无穷的苦恼。

几乎每个人在童年和少年时期都会有那样一个时候，他的自我意识逐渐觉醒，突然有一天，他确凿无疑地明白了自己迟早也会和所有人一样地死去。这是一种极其痛苦的内心体验，如同发生了一场地震一样，人生的快乐和信心因之动摇甚至崩溃了。想到自己在这世界上的存在只是暂时的，总有一天会化为乌有，一个人就可能对生命的意义发生根本的怀疑。不过，随着年龄增长，多数人似乎渐渐麻木了，实际上是在有意无意地回避。我常常发现，当孩子问到有关死的问题时，他们的家长往往便惊慌地阻止，叫他不要瞎想。其实，这哪里是瞎想呢？死是人生第一个大问题，古希腊哲学家还把它看作最重要的哲学问题，无人能回避得了。我相信，那些从小就敢于正视和思考这个问题的人，长大之后对人生往往能持比较深刻的理解和正确的态度。

　　自从亚当和夏娃被逐出伊甸园后，他们的子孙一直在寻找那棵上帝禁止人类靠近的生命树。战胜死亡，赢得不朽，是人类一贯的梦想。既然肉体的死亡不可避免，人们就试图获得某种精神上的不死。西方人信奉基督教，根本的动机是为了使自己相信灵魂不死，在肉体死亡后，人的灵魂能升入天堂。在中国，儒家强调"立德""立功""立言"，即留下能够传之后世的品德、功绩、文章，"虽久不废，此之谓不朽"；道家则追求一种与宇宙大化融为一体的"不生不死"的境界。我不相信人死后灵魂还能继续活着，也不认为留下身后的名声有什么意义。但是，把肉体的易朽变成一种动力，驱策自己去追求某种永恒的精神价值，这无疑是积极的人生态度。不管这种精神价值是否真能达于永恒，对它的追求本身就可以使人更加容易与死亡达成和解，同时也赋予生命以超出有限的肉体存在的意义。

　　应该相信，在人类精神的伊甸园里，必有一棵生命树，树上必有一个属于你的果子。去寻找这个属于你的果子，这是你毕生的使命。只要你忠于这使命，你一定会觉得，即使死亡不可避免，你的生命也没有虚度。

精神栖身于茅屋

　　如果你爱读人物传记，你就会发现，许多优秀人物生前都非常贫困。就说说那位最著名的印象派画家凡·高吧，现在他的一幅画已经卖到了极高的价格，可是，他活着时，他的一幅画连一餐饭钱也换不回，他经常挨饿，一生穷困潦倒，终致精神失常，在 37 岁时开枪自杀了。要论家境，他的家族是当时欧洲最大的画商，几乎控制着全欧洲的美术市场。作为一名画家，他有得天独厚的便利条件，完全可以像那些平庸画家那样迎合时尚以牟利，成为一个富翁，但他不屑于这么做。他说，他可不能把唯一的生命耗费在给非常愚蠢的人画非常蹩脚的画上面，做艺术家并不意味着卖好价钱，而是要去发现一个未被发现的新世界。确实，凡·高用他的作品为我们开启了一个全新的世界，一个万物在阳光中按照同一节奏舞蹈的世界。另一个荷兰人斯宾诺莎是名垂史册的大哲学家，他为了保持思想的自由，宁可靠磨镜片的收入维持最简单的生活，谢绝了海德堡大学以不触犯宗教为前提要他去当教授的聘请。

我并不是提倡苦行僧哲学。问题在于，如果一个人太看重物质享受，就必然要付出精神上的代价。人的肉体需要是很有限的，无非是温饱，超出此的便是奢侈，而人要奢侈起来是没有尽头的。温饱是自然的需要，奢侈的欲望则是不断膨胀的市场刺激起来的。你本来习惯于骑自行车，不觉得有什么欠缺，可是，当你看到周围不少人开上了汽车，你就会觉得自己缺汽车，有必要也买一辆。富了总可以更富，事实上也必定有人比你富，于是你永远不会满足，不得不去挣越来越多的钱。这样，赚钱便成了你唯一的目的。即使你是画家，你哪里还顾得上真正的艺术追求；即使你是学者，你哪里还会在乎科学的良心？

所以，自古以来，一切贤哲都主张一种简朴的生活方式，就是为了不当物质欲望的奴隶，保持精神上的自由。古罗马哲学家塞内加说得好："自由人以茅屋为居室，奴隶才在大理石和黄金下栖身。"柏拉图也说："胸中有黄金的人是不需要住在黄金屋顶下面的。"或者用孔子的话说："君子居之，何陋之有？"我非常喜欢关于苏格拉底的一个传说，这位被尊称为"师中之师"的哲人在雅典市场上闲逛，看了那些琳琅满目的货摊后惊叹："这里有多少我用不着的东西啊！"的确，一个热爱精神事物的人必定是淡然于物质的奢华的，而一个人如果安于简朴的生活，他即使不是哲学家，也相去不远了。

灵魂是一个游子

如果你吃了一顿美餐，你会感到快乐。是什么东西在快乐呢？当然，是你的身体。如果你读了一本好书，听了一支优美的乐曲，看到了一片美丽的风景，你也会感到快乐。是什么东西在快乐呢？显然不是身体了，你只好说，是你的心灵、灵魂感到了快乐。

你犯了胃痛，你摔了一跤，你被虫子蜇了一下，你的身体会受疼痛的折磨。可是，当你失恋了，你的亲人去世了，你想到了自己有一天会死，或者你遭到了不义的事情，是你的哪一部分在痛苦呢？当然，又是灵魂。

看起来，人有一个身体，又有一个灵魂，它们是很不同的东西。有些哲学家否认人有灵魂，他们把灵魂说成是肉体的一种功能。可是，如果没有灵魂，我们怎么解释上述种种精神性质的快乐和痛苦的根源呢？

灵魂是看不见、摸不着的，它不像眼睛、耳朵、四肢、胃、心脏、大脑那样是人体的一个器官。但是，根据人有着不同于肉身生活的精神生活，我们可以相信它是存在的。其实，所谓灵魂，也就是承载我们的精神生活的一个内在空间罢了。人的肉身是很实际的，它要生存，为了生存便要求温饱，为了生存得更好还要到社会上去奋斗，去获取名利、地位。人的灵魂就不那么实际了，它追求的是理想，是诸如真、善、美、信仰、思想、艺术之类的精神价值。我们把这种对理想和精神价值的追求称作精神生活。如果一个人只知道吃睡和赚钱，完全没有精神生活，我们就会嘲笑他没有灵魂，认为他与动物没有多大区别。

灵魂好像永远不会满足于现状，它总是在追求一种完美的境界。这种对理想境界的渴望从何而来？当我们看到美的形象，听到美的音乐，我们的灵魂为何会感动和陶醉？一颗未被污染的纯朴的灵魂似乎自然而然地就喜欢美善的东西，讨厌丑恶的东西，它是怎么具备这样的特性的？古希腊伟大的哲学家柏拉图对此提出了一种解释。他推测，灵魂必定曾经在一个理想的世界里生活过，见识过完美无缺的美和善，所以，当它投胎到肉体中以后，现实世界里未必完善的美和善的东西会使它朦胧地回忆起那个理想世界，这既使它激动和快乐，又使它不满足而向往完善的美和善。他还由此得出进一步的结论：灵魂和肉体有着完全不同的来源，肉体会死亡，而灵魂是不朽的。他的这个解释受到了后世许多哲学家的批评，被指责为神秘主义。使我感到奇怪的是，人们怎么没有听出柏拉图是在讲一个寓言呢？其实他是想说，人的灵魂渴望向上，就像游子渴望回到故乡一样。灵魂的故乡在非常遥远的地方，只要生命不止，它就永远在思念、在渴望，永远走在回乡的途中。至于这故乡究竟在哪里，却是一个永恒的谜。我们只好用寓言的方式说，那是一个像天堂一样美好的地方。我们岂不是在同样的意义上说，灵魂是我们身上的神性，当我们享受灵魂的愉悦时，我们离动物最远而离神最近？

人的高贵在于灵魂

法国思想家帕斯卡有一句名言："人是一支有思想的芦苇。"他的意思是说，人的生命像芦苇一样脆弱，宇宙间的任何东西都能置人于死地。即使如此，人依然比宇宙间的任何东西高贵得多，因为人有一个能思想的灵魂。我们当然不能也不该否认肉身生活的必要，但是，人的高贵在于他有灵魂生活。作为肉身的人，并无高低贵贱之分。唯有作为灵魂的人，由于内心世界的巨大差异，才分出了高贵和平庸，乃至高贵和卑鄙。

两千多年前，罗马军队攻进了希腊的一座城市，他们发现一个老人正蹲在沙地上专心研究一个图形。他就是古代最著名的物理学家阿基米德。他很快便死在了罗马军人的剑下，当剑朝他劈来时，他只说了一句话："不要踩坏我的圆！"在他看来，他画在地上的那个图形是比他的生命更加宝贵的。更早的时候，征服了欧亚大陆的亚历山大大帝视察希腊的另一座城市，遇到正躺在地上晒太阳的哲学家第欧根尼，便问他："我能替你做些什么？"得到的回答是："不要挡住我的阳光！"在他看来，面对他在阳光下的沉思，亚历山大大帝的赫赫战功显得无足轻重。这两则传为千古美谈的小故事表明了古希腊优秀人物对于灵魂生活的珍爱，他们爱思想胜于爱一切，包括自己的生命，把灵魂生活看得比任何外在的事物包括显赫的权势更加高贵。

珍惜内在的精神财富甚于外在的物质财富，这是古往今来一切贤哲的共同特点。英国作家王尔德到美国旅行，入境时，海关关员问他有什么东西要报关，他回答："除了我的才华，什么都没有。"使他引以为自豪的是，他没有什么值钱的东西，但他拥有不能用钱来估量的艺术才华。正是这位骄傲的作家在他的一部作品中告诉我们："世间再没有比人的灵魂更宝贵的东西，任何东西都不能跟它相比。"

其实，无须列举这些名人的事例，我们不妨稍微留心观察周围的现象。我们常常发现，在平庸的背景下，哪怕是一点不起眼的灵魂生活的迹象，也会闪现出一种很动人的光彩。

有一回，我乘车旅行。列车飞驰，车厢里闹哄哄的，旅客们在聊天、打牌、吃零食。一个少女躲在车厢的一角，全神贯注地读着一本书。她读得那么专心，还不时地在随身携带的一个小本子上记些什么，好像完全没有听见周围嘈杂的人声。望着她仿佛沐浴在一片光辉中的安静的侧影，我心中充满感动，想起了自己的少年时代。那时候我也和她一样，不管置身于多么混乱的环境，只要拿起一本好书，就会忘记一切。如今我自己已经是一个作家，出过好几本书了，可是我很羡慕这个埋头读书的少女，无限缅怀已经渐渐远逝的有着同样纯正追求的我的青春岁月。

人在年轻时多半是富于理想的，随着年龄增长就容易变得越来越实际。由于生存斗争的压力和物质利益的诱惑，大家都把眼光和精力投向外部世界，不再关注自己的内心世界。其结果是灵魂日益萎缩和空虚，只剩下一个在世界上忙碌不止的躯体。对一个人来说，没有比这更可悲的事情了。

被废黜的国王

帕斯卡说："人是一个被废黜的国王，否则就不会因为自己失了王位而悲哀了。"所以，从人的悲哀也可证明人的伟大。借用帕斯卡的这个说法，我们可以把人类的精神史看作为恢复失去的王位而奋斗的历史。当然，人曾经拥有王位并非一个历史事实，而只是一个譬喻，其含义是：人高贵的灵魂必须拥有配得上它的精神生活。

我不相信上帝，但我相信世上必定有神圣。如果没有神圣，就无法解释人的灵魂何以会有如此执拗的精神追求。用感觉、思维、情绪、意志之类的心理现象完全不能概括人的灵魂生活，它们显然属于不同的层次。灵魂是人的精神生活的真正所在地，在这里，每个人最内在深邃的"自我"直接面对永恒，追问有限生命的不朽意义。

灵魂的追问总是具有形而上的性质，不管现代哲学家们如何试图证明形而上学问题的虚假性，永远也不能平息人类灵魂这种形而上的追问。

我们当然可以用不同的尺度来衡量历史的进步，例如物质财富的富裕，但精神圣洁肯定也是必不可少的一维。正如黑格尔所说："一个没有形而上学的民族就像一座没有祭坛的神庙。"没有祭坛，也就是没有信仰，没有神圣的价值，没有敬畏之心，没有道德的约束，人生唯剩纵欲和消费，人与人之间只有利益的交易和争斗。它甚至不再是一座神庙，而成了一个吵吵闹闹的市场。事实上，不仅在比喻的意义上，而且按照字面的意思理解，在今日中国，这种沦落为乌烟瘴气的市场的所谓神庙，我们见得还少吗？

在一个功利至上、精神贬值的社会里，适应取代创造成了才能的标志，消费取代享受成了生活的目标。在许多人心目中，"理想""信仰""灵魂生活"都是过时的空洞字眼。可是，我始终相信，人的灵魂生活比外在的肉身生活和社会生活更为本质，每个人的人生质量首先取决于他的灵魂生活的质量。一个经常在阅读和沉思中与古今哲人文豪倾心交谈的人，和一个沉溺于歌厅、肥皂剧以及庸俗小报中的人，他们肯定生活在两个绝对不同的世界里。

人是一个被废黜的国王，被废黜的是人的灵魂。由于被废黜，精神有了一个多灾多难的命运。然而，不论怎样被废黜，精神始终有着高贵的王室血统。在任何时代，总会有一些人默记和继承着精神的这个高贵血统，并且为有朝一日恢复它的王位而努力着。我愿把他们恰如其分地称作"精神贵族"。"精神贵族"曾经是一个大批判词，可是真正的"精神贵族"何其稀少！尤其在一个精神遭到空前贬值的时代，倘若一个人仍然坚持做"精神贵族"，以精神的富有而坦然于物质的清贫，我相信他就必定不是为了虚荣，而是真正出于精神上的高贵和诚实。

人是要有一点精神的

"人是要有一点精神的。"这一句话的确不会过时。

在那个"突出政治"的年代，我对它有自己的读法，我把它读作：人不该只有政治狂热，把自己的灵魂淹没在红彤彤的标语口号海洋里。

在如今崇拜金钱的氛围中，我又想起了这句话，并且给它加上新的注解：人不该只求物质奢华，把自己的灵魂淹没在花花绿绿的商品海洋里。

世事无常，潮流变迁。相同的是，凡潮流都可能（当然不是必定）会淹没人的那一颗脆弱的灵魂。因此，愿我们投入任何潮流时都永远保持这种清醒："人是要有一点精神的。"

现代世界是商品世界，我们不能脱离这个世界追求个人的生存和发展，这是一个事实。但是，这不是全部事实。我们同时还生活在历史和宇宙中，生活在自己唯一的一次生命过程中。所以，对于我们的行为，我们不能只用交换价值来衡量，而应有更加开阔久远的参照系。在投入现代潮流的同时，我们要有所坚守，坚守那些永恒的人生价值。一个不能投入的人是一个落伍者，一个无所坚守的人是一个随波逐流者。前者令人同情，后者令人鄙视。也许有人两者兼顾，成为一个高瞻远瞩的弄潮儿，那当然就令人钦佩了。

天下滔滔，象牙塔一座接一座倾塌了。我平静地望着它们的残骸随波漂走，庆幸许多被囚的普通灵魂获得了解放。

可是，当发现还有若干象牙塔依然零星地竖立着时，我禁不住向它们深深鞠躬了。我心想，坚守在其中的不知是一些怎样奇特的灵魂呢？

世纪已临近黄昏，路上的流浪儿多了。我听见他们在焦灼地发问：物质的世纪，何处是精神的家园？

　　我笑答：既然世上还有如许关注着精神命运的心灵，精神何尝无家可归？

　　世上本无家，渴望与渴望相遇，便有了家。

　　如今调侃成了新的时髦。调侃者调侃一切信仰，也调侃自己的无信仰，在一片哄笑声中，信仰问题便化作了一个无足轻重的可笑的问题。

　　我暗暗吃惊：仅仅几年以前，信仰危机还是一个严肃的话题，曾经引起许多痛苦的思索。莫非人们这么快就已经成熟到可以轻松愉快地一笑置之了？

　　诚然，抱着过时的信仰不放，或者无信仰而装作有信仰，都是可悲复可笑的，不妨调而侃之，哈哈一笑。可是，当我看见有人把无信仰当作一种光荣来炫耀时，我再也笑不出来了。

　　人生中终究还是有严肃的东西的。信仰是对人生根本目标的确信，其失落的痛苦和寻求的迷惘绝非好笑的事情，而对之麻木不仁也实在没什么可自鸣得意的。

　　休说精神永存，我知道万有皆逝，精神也不能幸免。然而，即使岁月的洪水终将荡尽地球上一切生命的痕迹，罗丹的雕塑仍非徒

劳；即使徒劳，罗丹仍要雕塑。那么，一种不怕徒劳仍要闪光的精
神岂不超越了时间的判决，因而也超越了死亡？

所以，我仍然要说：万有皆逝，唯有精神永存。

生命的品质

　　人来到世上，首先是一个生命。生命，原本是单纯的。可是，人活得越来越复杂了。许多时候，我们不是作为生命在活，而是作为欲望、野心、身份、称谓在活，不是为了生命在活，而是为了财富、权力、地位、名声在活。这些社会堆积物遮蔽了生命，我们把它们看得比生命更重要，为之耗费一生的精力，不去听也听不见生命本身的声音了。

　　人是自然之子，生命遵循自然之道。人类必须在自然的怀抱中生息，无论时代怎样变迁，春华秋实、生儿育女永远是生命的基本内核。你从喧闹的职场里出来，走在街上，看天际的云和树影，回到家里，坐下来和妻子儿女一起吃晚饭，这时候，你重新成为一个生命。

在今天的时代，让生命回归单纯，这不但是一种生活艺术，而且是一种精神修炼。耶稣说："凡要承受神国的，若不像小孩子，断不能进去。"那些在名利场上折腾的人，他们既然听不见自己生命的声音，就更听不见灵魂的声音了。

人不只有一个肉身生命，更有一个超越于肉身的内在生命，它被恰当地称作灵魂。外在生命来自自然，内在生命应该有更高的来源，不妨称之为神。二者的辩证关系是，只有外在生命状态单纯时，内在生命才会向你开启，你活得越简单，你离神就越近。在一定意义上，人生觉悟就在于透过社会堆积物去发现你的自然的生命，又透过肉身生命去发现你的内在的生命，灵魂一旦敞亮，你的全部人生就有了明灯和方向。

生命只有一次，让我们都好好地活吧，活出生命的品质。

内在生命的伟大

一

　　小时候，也许我也曾经像那些顽童一样，尾随一个盲人、一个瘸子、一个驼背、一个聋哑人，在他们的背后指指戳戳、嘲笑、起哄，甚至朝他们身上扔石子。如果我那样做过，现在我忏悔，请求他们的原谅。

　　即使我不曾那样做过，现在我仍要忏悔。因为在很长的时间里，我多么无知，竟然以为残疾人和我是完全不同的种类，在他们面前，我常常怀有一种愚蠢的优越感，一种居高临下的怜悯。

　　现在，我当然知道，无论是先天的残疾，还是后天的残疾，这厄运没有落到我的头上，只是侥幸罢了。遗传、胚胎期的小小意外，人生任何年龄都可能突发的病变、车祸、地震、不可预测的飞来横祸，种种造成残疾的似乎偶然的灾难原是必然会发生的，无人能保证自己一定不被选中。

被选中诚然是不幸，但是，暂时——或者，直到生命终结，那其实也是暂时——未被选中，又有什么可优越的？那个病灶长在他的眼睛里，不是长在我的眼睛里；他失明了，我仍能看见。那场地震发生在他的城市，不是发生在我的城市；他失去了双腿，我仍四肢齐全……我要为此感到骄傲吗？我是多么浅薄啊！

上帝掷骰子，我们都是芸芸众生，都同样无助。阅历和思考使我懂得了谦卑，懂得了天下一切残疾人都是我的兄弟姐妹。在造化的恶作剧中，他们是我的替身，他们就是我，他们在替我受苦，他们受苦就是我受苦。

二

我继续问自己：现在我不瞎不聋，肢体完整，就证明我不是残疾人了吗？我双眼高度近视，摘了眼镜寸步难行，不敢独自上街。在运动场上，我跑不快，跳不高，看着那些矫健的身姿，心中只能羡慕。置身于一帮能歌善舞的朋友中，我为我身体的笨拙和歌喉的喑哑而自卑。在所有这些时候，我岂不都觉得自己是一个残疾人吗？

事实上，残疾与健全的界限是相对的。从出生的那一天起，我们每个人的身体就已经注定要走向衰老，会不断地受到损坏。由于环境的限制和生活方式的片面，我们的许多身体机能没有得到开发，其中有一些很可能已经萎缩。严格地说，世上没有绝对健全的人。有形的残缺仅是残疾的一种，在一定意义上，人人皆患着无形的残疾，只是许多人对此已经适应和麻木了而已。

人的肉体是一架机器，如同别的机器一样，会发生故障，会磨损、折旧并且终于报废。人的肉体是一团物质，如同别的物质一样，它由元素聚合而成，最后必定会因元素的分离而解体。人的肉体实在太脆弱了，它经受不住钢铁、石块、风暴、海啸的打击，火焰会把它烤焦，严寒会把它冻伤，看不见的小小的病菌和病毒也会置它于死地。

不错，我们有千奇百怪的养生秘方，有越来越先进的医疗技术，有超级补品、冬虫夏草、健身房、整容术，这一切都是用来维护肉体的。可是，纵然有这一切，我们仍无法防备种种会损毁肉体的突发灾难，仍不能逃避肉体的必然衰老和死亡。

我不得不承认，如果人的生命仅是肉体，则生命本身就有着根本的缺陷，它注定会在岁月的风雨中逐渐地或突然地缺损，使它的主人成为明显或不明显的残疾人。那么，生命抵御和战胜残疾的希望究竟何在？

三

此刻我的眼前出现了一系列高贵的残疾人形象。在西方，从盲诗人荷马，到双耳失聪的大音乐家贝多芬，双目失明的大作家博尔赫斯，全身瘫痪的大科学家霍金，当然，还有又盲又聋的永恒的少女海伦·凯勒。在中国，从受了膑刑的孙膑，受了腐刑的司马迁，到瞎子阿炳，以及坐着轮椅在文字之境中自由驰骋的史铁生。他们的肉体诚然缺损了，但他们的生命因此也缺损了吗？当然不，与许多肉体没有缺损的人相比，他们拥有的是多么完整而健康的生命。

　　由此可见，生命与肉体显然不是一回事，生命的质量肯定不能用肉体的状况来评判。肉体只是一个躯壳，是生命的载体，它的确是脆弱的，很容易破损。但是，寄寓在这个躯壳之中，又超越于这个躯壳，我们更有一个不易破损的内在生命，这个内在生命的通俗名称叫作精神或者灵魂。就其本性来说，灵魂是一个单纯的整体，而不像肉体那样由许多局部的器官组成。外部的机械力量能够让人的肢体断裂，但不能切割下哪怕一小块人的灵魂。自然界的病菌能够损坏人的器官，但没有任何路径可以侵蚀人的灵魂。总之，一切能够致残肉体的因素，都不能致残我们的内在生命。正因为如此，一个人无论躯体怎样残缺，仍可使自己的内在生命保持完好无损。

　　原来，上帝只在一个不太重要的领域里掷骰子，在现象世界拨弄芸芸众生的命运。在本体世界，上帝是公平的，人人都被赋予了一个不可分割的灵魂，一个永远不会残缺的内在生命。同样，在现象世界，我们的肉体受千百种外部因素的支配，我们自己做不了主人。可是，在本体世界，我们是自己内在生命的主人，不管外在遭遇如何，都能够以有尊严的方式活着。

四

诗人里尔克常常歌咏盲人。在他的笔下，盲人能穿越纯粹的空间，能听见从头发上流过的时间和在脆玻璃上叮玲作响的寂静。在热闹的世界上，盲人是安静的，而他的感觉是敏锐的，能以小小的波动把世界捉住。最后，面对死亡，盲人有权宣告："那把眼睛如花朵般摘下的死亡，将无法企及我的双眸……"

是的，我也相信，盲人失去的只是肉体的眼睛，心灵的眼睛一定更加明亮，能看见我们看不见的事物，生活在一个更本质的世界里。

感官是通往这个世界的门户，同时也是一种遮蔽，会使人看不见那个更高的世界。貌似健全的躯体往往充满虚假的自信，踌躇满志地要在外部世界里闯荡，寻求欲望和野心的最大满足。相反，身体的残疾虽然是限制，但同时也是一种敞开。看不见有形的事物，却可能因此看见无形的事物；不能在人的国度里行走了，却可能因此行走在神的国度里。残疾提供了一个机会，使人比较容易觉悟到外在生命的不可靠，从而更加关注内在生命，致力于灵魂的锻炼和精神的创造。

在这个意义上，不妨说，残疾人更受神的眷顾，离神更近。

五

上述思考为我确立了认识残奥会的一个角度、一种立场。

残疾人为何要举办体育运动会？为何要撑着拐杖赛跑，坐着轮椅打球？是为了证明他们残缺的躯体仍有力量和技能吗？是为了争到名次和荣誉吗？从现象看，是；从本质看，不是。

其实，与健康人的奥运会比，残奥会更加鲜明地表达了体育的精神意义。人们观看残奥会，不会像观看奥运会那样重视比赛的输赢。人们看重的是什么？残奥会究竟证明了什么？

我的回答是：证明了残疾人仍然拥有完整的内在生命，在生命本质的意义上，残疾人并不残疾。

残奥会证明了人的内在生命的伟大。

平常心

世上有一些东西，是你自己支配不了的，比如运气和机会、舆论和毁誉，那就不去管它们，顺其自然吧。

世上有一些东西，是你自己可以支配的，比如兴趣和志向、处世和做人，那就在这些方面好好地努力，至于努力的结果是什么，也顺其自然吧。

我们不妨去追求最好——最好的生活、最好的职业、最好的婚姻、最好的友谊，等等。但是，能否得到最好，取决于许多因素，不是光靠努力就能成功的。因此，如果我们尽了力，结果得到的不是最好，而是次好、次次好，我们也应该坦然地接受。人生原本就是有缺憾的，在人生中需要妥协。不肯妥协，和自己过不去，其实是一种痴愚，是对人生的无知。

要有平常心。人到中年以后，也许在社会上取得了一点虚名浮利，这时候就应该牢记一无所有的从前。事实上，谁来到这个世界的时候不是一条普通的生命？有平常心的人，看己看人都能除去名利的伪饰。

在青年时期，人有虚荣心和野心是很正常的。成熟的标志是自我认识，认清了自己的天赋方向，于是外在的虚荣心和野心被内在的目标取代。

人在年轻时会给自己规定许多目标，安排许多任务，入世是基本的倾向。中年以后，就应该多少有一点出世的心态了。所谓出世，并非纯然消极，而是与世间的事务和功利拉开一段距离，活得洒脱一些。

一个人的实力未必表现为在名利山上攀登，真正有实力的人还能支配自己的人生走向，适时地退出竞赛，省下时间来做自己喜欢做的事，享受生命的乐趣。

人过中年，就应该基本戒除功利心、贪心、野心，给善心、闲心、平常心让出地盘了，它们都源自一种看破红尘名利、回归生命本质的觉悟。如果没有这个觉悟会怎样呢？据说老年人容易变得冷漠、贪婪、自负，这也许就是答案吧。

历史不是一切，在历史之外，阳光下还绵亘存在着广阔领域，有着人生简朴的幸福。

一个人未必要充当某种历史角色才活得有意义，最好的生活方式是古希腊人那样贴近自然和生命本身的生活。

我们不妨站到上帝的位置上看自己的尘世遭遇，但是，我们永远是凡人而不是上帝。所以，每个人的尘世遭遇对于他自己仍然具有特殊的重要性。当我们在黑暗中摸索前行时，把我们绊倒的物体同时也将我们支撑，我们不得不抓牢它们，为了不让自己在完全的空无中行走。

我已经厌倦了那种永远深刻的灵魂，它是狭窄的无底洞，里面没有光亮，没有新鲜的空气，也没有玩笑和游戏。

博大的深刻不避肤浅。走出深刻，这也是一种智慧。

在这个世界上，一个人重感情就难免会软弱，求完美就难免有遗憾。也许，宽容自己这一点软弱，我们就能坚持；接受人生这一点遗憾，我们就能平静。

人生有千百种滋味，品尝到最后，都只留下了一种滋味，就是无奈。生命中的一切花朵都会凋谢，一切凋谢都不可挽回，对此我们只好接受。我们不得不把人生的一切缺憾连同人生一起接受下来，认识到了这一点，我们心中就会产生一种坦然。无奈本身包含不甘心的成分，可是，当我们甘心于不甘心，坦然于无奈，对无能为力的事情学会了无所谓，无奈就成了一种境界。

岁月无情，人生易老，对此真是无话可说。然而，好的心态仍是重要的。这个好的心态，不是傻乐，不是装嫩，而是历尽沧桑之后的豁然开朗。我体会到，人过中年以后，应该逐步建立两方面的觉悟，一方面是与人生必有的缺陷达成和解，另一方面是对人生的根本价值懂得珍惜。有了这两方面的觉悟，就会有好的心态。

最低的境界是平凡，其次是超凡脱俗，最高是返璞归真的平凡。

野心倘若肯下降为平常心，同时也就上升成了慧心。

不避平庸岂非也是一种伟大，不拒小情调岂非也是一种大气度？

与世界建立精神关系

第二章

对于不同的人，世界呈现出不同的面貌。
在精神贫乏者眼里，世界也是贫乏的。
世界丰富的美是依每个人心灵丰富的程度而开放的。

与世界建立精神关系

对于各种不杀生、动物保护、素食主义的理论和实践，过去我都不甚看重，不承认它们具有真正的伦理意义，只承认有生态的意义。在我眼里，凡是把这些东西当作一种道德信念遵奉的人都未免小题大做，不适当地扩大了伦理的范围。我认为伦理仅仅与人类有关，在人类对自然界其他物种的态度上不存在精神性的伦理问题，只存在利益问题，生态保护也无非是要为人类的长远利益考虑罢了。我还认为若把这类理论伦理学化，在实践上是完全行不通的，彻底不杀生只会导致人类灭绝。可是，在了解了史怀泽创立的"敬畏生命"伦理学的基本内容之后，我的看法有了很大改变。

史怀泽是 20 世纪最伟大的人道主义者之一，也是动物保护运动的早期倡导者。他明确提出："只有当人认为所有生命，包括人的生命和一切生物的生命都是神圣的时候，他才是伦理的。"他的出发点不是简单的恻隐之心，而是由生命的神圣性所唤起的敬畏之心。何以一切生命都是神圣的呢？对此他并未加以论证，事实上也是无法论证的。他承认敬畏生命的世界观是一种"伦理神秘主义"，也就是说，它基于我们的内心体验，而非对世界过程的完整认识。世界的精神实质是神秘的，我们不能认识它，只能怀着敬畏之心爱它、相信它。一切生命都源自它，"敬畏生命"的命题因此而成立。这是一个基本的信念，也许可以从道教、印度教、基督教中寻求其思想资源，对史怀泽来说，重要的是通过这个基本的信念，人就可以与世界建立一种精神关系。

与世界建立精神关系——这是一个很好的提法，它简洁地说明了信仰的实质。任何人活在世上，总是和世界建立了某种关系。但是，认真说来，人的物质活动、认知活动和社会活动仅是与周围环境的关系，而非与世界整体的关系。在每个人身上，随着肉体以及作为肉体之一部分的大脑死亡，这类活动都将彻底终止。唯有人的信仰生活是指向世界整体的。所谓信仰生活，未必要皈依某一种宗教，或信奉某一位神灵。一个人不甘心被世俗生活的浪潮推着走，而总是想为自己的生命确定一个具有恒久价值的目标，他便是一个有信仰生活的人。因为当他这样做时，实际上他对世界整体有所关切，相信它具有一种超越的精神实质，并且努力与这种本质建立联系。史怀泽非常欣赏罗马的斯多葛学派和中国的老子，因为他们都使人通过一种简单的思想与世界建立了精神关系。的确，作为信仰生活的支点的那一个基本信念无须复杂，相反往往是简单的，但必须是真诚的。人活一世，有没有这样的支点，人生内涵便大不一样。当然，信仰生活也不能使人逃脱肉体的死亡，但它本身具有超越死亡的品格，因为世界整体的精神实质借它得到了显现。在这个意义上，史怀泽宣称，甚至将来必定会到来的人类毁灭也不能损害它的价值。

　　我的印象是，史怀泽是在为失去信仰的现代人重新寻找一种精神生活的支点。他的确说：真诚是精神生活的基础，而现代人已经失去了对真诚的信念，应该帮助他们重新走上思想之路。他之所以创立"敬畏生命"的伦理学，用意盖在于此。可以想象，一个敬畏一切生命的人对于人类的生命是会更珍惜，对于自己的生命是会更负责的。史怀泽本人就是怀着这一信念，几乎毕生圣徒般地在非洲一个小地方行医。相反，那种见死不救、草菅人命的医生，其冷酷的行径恰恰暴露了其内心毫无信仰。我相信，人们可由不同的途径与世界建立精神关系，敬畏生命的世界观并非现代人唯一可能的选择。但是，一切简单而伟大的精神都是相通的，在那道路的尽头，它们殊途同归。说到底，人们只是用不同的名称称呼同一个光源罢了，受此光源照耀的人都走在同一条道路上。

心灵也是一种现实

对于理想的实现不能做机械的理解，好像非要变成看得见摸得着的现实似的。现实不限于物质现实和社会现实，心灵现实也是一种现实。尤其是人生理想，它的实现方式只能是变成心灵现实，即一个美好而丰富的内心世界，以及由之所决定的一种正确的人生态度。除此之外，你还能想象出人生理想别的实现方式吗？

物质理想（譬如产品的极大丰富）和社会理想（譬如消灭阶级）的实现要用外在的可见事实来证明，精神理想的实现方式只能是内在的心灵境界。

理想、信仰、真理、爱、善，这些精神价值永远不会以一种看得见的形态存在，它们实现的场所只能是人的内心世界。正是在这无形之域，有的人生活在光明之中，有的人生活在黑暗之中。

对真的理解应该宽泛一些，你不能说只有外在的荣华富贵是真实的，内在的智慧教养是虚假的。一个内心生活丰富的人，与一个内心生活贫乏的人，是在实实在在的意义上过着截然不同的生活。

心灵也是一种现实，甚至是唯一真实的现实，这个观点可以在佛教对心的论述中找到根据。

对于不同的人，世界呈现出不同的面貌。在精神贫乏者眼里，世界也是贫乏的。世界丰富的美是依每个人心灵丰富的程度而开放的。

对乐盲来说，贝多芬等于不存在；对画盲来说，毕加索等于不存在；对只读流行小报的人来说，从荷马到海明威的整个文学宝库等于不存在；对终年在名利场上奔忙的人来说，大自然的美等于不存在。

内心生活与外部生活并非互相排斥，同一个人完全可能在两方面都十分丰富。区别在于，注重内心生活的人善于把外部生活的收获变成心灵的财富，缺乏此种禀赋或习惯的人则往往会迷失在外部生活中，人整个是散的。

对一颗善于感受和思考的灵魂来说，世上并无完全没有意义的生活，任何一种经历都可以转化为内在的财富。而且，这是最可靠的财富，因为正如一位诗人所说："你所经历的，世间没有力量能从你那里夺走。"

生活是广义的，内心经历、感情、体验也是生活，读书也是写作的生活源泉。

心灵的财富也是积累而成的。一个人酷爱精神的劳作和积聚，不断产生、搜集、贮藏点滴的感受，日积月累，就在他的内心中建立了一个巨大的宝库，造就了一颗丰富的灵魂。在他面前，那些精神懒汉相比之下形同乞丐。

灵魂的在场

　　现代生活的特点之一是灵魂的缺席。它表现在各个方面，例如使人不得安宁的快节奏，远离自然，传统的失落，环境的破坏，人与人之间亲密关系的丧失，等等。痛感于此，托马斯·摩尔把关涉灵魂生活的古今贤哲的一些言论汇集起来，编成了这本《心灵书》。书的原题是《灵魂的教育》，可见编者是将它作为一本灵魂的教科书来编著的。作者在前言中说："我们这个时代最大的问题是训示太多，教育太少。"在他看来，教育应是一门引导人的潜能的艺术，在最深层次上则是一门诱使灵魂从其隐藏的洞穴中显露出来的艺术。我的理解是，教育的本意是唤醒灵魂，使之在人生的各种场景中都保持在场。那么，相反，倘若一个人的灵魂总是缺席，不管他多么有学问或多么有身份，我们仍可把他看作一个没有受过教育的蒙昧之人。

关于什么是灵魂，菲奇诺有一个说法，认为它是联结精神和肉体的中介。荣格也有一个说法，认为精神试图超越人性，灵魂则试图进入人性。这两种说法都很好，加以引申，我们不妨把灵魂定义为普遍性的精神在个体的人身上的存在，或超越性的精神在人的日常生活中的存在。一个人无论怎样超凡脱俗，总是要过日常生活的，而日常生活又总是平凡的。所以，灵魂的在场未必表现为隐居修道之类的极端形式，在绝大多数情形下，恰恰表现为日常生活中的精神追求和精神享受。这就是作者所说的"平凡的神圣"之含义。他说得对："能够真正享受普通生活并不是一件容易的事。"尤其是在今天，日常生活变成了无休止的劳作和消费，本应是享受之主体的灵魂往往被排挤得没有立足之地了。

日常生活是包罗万象的，就本书涉及的内容而言，我比较关注这几个方面：工作与闲暇、自然与居住、孤独与交流。在所有这些场合，生活的质量都取决于灵魂是否在场。

在时间上，一个人的生活可分为两部分，即工作与闲暇。最理想的工作是那种能够体现一个人的灵魂的独特倾向的工作。正如作者所说："当我们灵魂中独特的一面与我们所从事的工作相融合时，我们发现本性与勤奋结出的是甜蜜的果实，它可以医好一切创伤。"

当然，并非所有的人都能从事称心的职业，但是我始终相信，一个人只要真正优秀，他就多半能够突破职业的约束，对他来说，他的心血所倾注的事情才是他真正的工作，哪怕是在业余所为。同时，我也赞成这样的标准：一个人的工作是否值得尊敬，取决于他完成工作的精神而非行为本身。这就好比造物主在创造万物时，是以同样的关注之心创造一朵野花、一只小昆虫或一头巨象的。无论做什么事情，都力求尽善尽美，并从中获得极大的快乐，这样的工作态度中的确蕴含着一种神性，不是所谓职业道德或敬业精神所能概括的。关于闲暇，我在这里只想指出一点：度闲的质量亦应取决于灵魂所获得的愉悦，没有灵魂的参与，再高的消费也只是低质量地虚度了宝贵的闲暇时间。

　　在空间上，可以把环境划分为自然和人工两种类型。如果说自然是灵魂的来源和归宿，那么，人工建筑的屋宇就应该是灵魂在尘世的家园。作者强调，无论是与自然，还是与人工的建筑，都应该有一种亲密的关系。在一个关注灵魂的人眼中，自然中的一丘一壑、一草一木，都有着自己的生命和故事。同样，家居中的简单小事，诸如为门紧一根螺钉，擦干净一块玻璃，都会给屋子注入生命，使人对家产生更亲密的感觉。空间具有一种神圣性，但现代人对此已经完全陌生了。对过去许多世代的人来说，不但人在屋宇之中，而且屋宇也在人之中，它们是历史和记忆、血缘和信念。正像黑格尔诗意地表达的那样："旧建筑在歌唱。"可是现在，人迷失在了高楼的迷宫之中，不管我们为装修付出了多少金钱和力气，屋宇仍然是外在于我们的，我们仍然是居无定所的流浪者。

说到人与人的关系，则不外是孤独和社会交往两种状态。交往包括婚姻和家庭，也包括友谊、邻里以及更广泛的人际关系。令作者担忧的也是人与人之间的亲密关系的消失。譬如说，论及婚姻问题，从前的大师们关注的是灵魂，现在的大师们却大谈心理分析和治疗。书信、日记、交谈——这些亲切的表达方式更适合灵魂的需要，现在也已成为稀有之物，而被公关之类的功利行动或上网之类的虚拟社交取代了。应该承认，现代人是孤独的。但是，由于灵魂的缺席，这种孤独就成了单纯的惩罚。相反，对珍惜灵魂生活的人来说，如同默顿所说，孤独应该是"生活的必需品"。或者，用蒂利希的话表述，人人都离不开一种广义的宗教，这种宗教就是对寂寞的体验。

我把自己读这本书时的感想写了下来。说到这本书本身，我的印象是，作者大约也是一位心理分析的信徒，因此，把荣格、希尔曼这样的心理分析家的言论选得多了一些。在我看来，还有许多贤哲说过一些中肯得多也明白得多的话语，那些话语更值得选。不过，对此我无意苛责。事实上，不同的人来编这样的书，编成的面貌必定是不同的。我希望自己有一天也来编一本心灵书。我还希望每个关注灵魂的人都来编一本他自己的心灵书。说到底，每个人的灵魂教育都只能是自我教育。

信仰之光

　　信仰，就是相信人生中有一种东西，它比一己的生命重要得多，甚至是人生中最重要的东西，值得为之活着，必要时也值得为之献身。这种东西必定是高于我们的日常生活的，像日月星辰一样在我们头顶照耀，我们相信它并且仰望它，所以称它作信仰。但是，它又不像日月星辰那样可以用眼睛看见，而只是我们心中的一种观念，所以又称它作信念。

　　提起信仰，人们常常会想到宗教，例如基督教、佛教、伊斯兰教等。在人类历史上，在现实生活中，宗教信仰的确是信仰最常见的一种形态。不过，两者不完全是一回事。事实上，做一个教徒不等于就有了信仰，而有信仰的人也未必信奉某一宗教。

有一回，我到佛教圣地普陀山旅游。在山上一座大庙里，和尚们正为一个施主做法事，中间休息，一个小和尚走来与我攀谈。我问他："做法事很累吧？"他随口答道："是啊，挣钱真不容易！"一句话表明了他并不真信佛教，皈依佛门只是他谋生的手段。这个小和尚毕竟直率得可爱。如今，天下寺庙，处处香火鼎盛，可是你若能听见那些烧香拜佛的人许的愿，就会知道，他们几乎都是在向佛索求非常具体的利益，没有几人是真有信仰的。

在同一次旅程中，我还遇见另一个小和尚。当时，我正乘船航行。船舱里异常闷热，乘客们纷纷挤到舱内唯一的自来水管旁洗脸。他手拿毛巾，静静等候在一旁。终于轮到他了，又有一名乘客快步上前，把他挤开。他面无愠色，退到旁边，礼貌地以手示意："请，请。"我目睹了这一幕，心中肃然起敬，相信眼前这个身披青灰色袈裟的年轻僧人是真正有信仰的人。后来，通过交谈，这一直觉得到了证实，我发现他谈吐不俗，对佛理和人生有很深的领悟。

其实，真正有信仰不在于相信佛、上帝、真主或别的什么神，而在于相信人生应该有崇高的追求，有超出世俗的理想目标。如果说宗教真的有一种价值，那也仅仅在于为这种追求提供了一种容易普及的方式。但是，一普及就容易流于表面的形式，反而削弱甚至丧失了追求的精神内涵。所以，真正看重信仰的人绝不盲目相信某一种流行的宗教或别的什么思想，而是通过独立思考来寻求和确立自己的信仰。两千四百年前，苏格拉底就是被雅典民众以不信神的罪名处死的。他的确不信神，但他有自己坚定的信仰，他的信仰就是：人生的价值在于爱智慧，用理性省察生活尤其是道德生活。在审判时，法庭允许免他一死，前提是他必须放弃信奉和宣传这一信仰，他拒绝了。他说，未经省察的人生不值得一过，活着不如死去。他为自己的信仰献出了宝贵的生命。

信仰是内心的光，它照亮了一个人的人生之路。没有信仰的人犹如在黑暗中行路，不辨方向，没有目标，随波逐流，活一辈子也只是浑浑噩噩。当然，一个人要真正确立自己的信仰，不是一件容易的事，不但需要独立思考，而且需要相当的阅历和比较。在漫长的人生道路上，改变信仰的事情是经常发生的，不足为怪。在我看来，在信仰的问题上，真正重要的是要有真诚的态度。所谓真诚，第一就是要认真，既不是无所谓，可有可无，也不是随大溜，盲目相信；第二就是要诚实，决不自欺欺人。有了这种真诚的态度，即使你没有找到一种明确的思想形态作为你的信仰，你也可以算作一个有信仰的人了，因为你至少是在信仰着一种有真诚追求的人生境界。事实上，在一个普遍丧失甚至嘲侮信仰的时代，也许唯有在这些真诚的寻求者和迷惘者中才能找到真正有信仰的人。

善良·丰富·高贵

如果我是一个从前的哲人，来到今天的世界，我会最怀念什么？一定是这六个字：善良、丰富、高贵。

看到医院拒收付不起昂贵医疗费的穷人，听凭危急病人死去；看到商人出售假药和伪劣食品，制造急性和慢性的死亡；看到矿难频繁，矿主用工人的生命换取高额利润；看到每天发生的许多凶杀案，往往为了很少的一点钱或一个很小的缘由就夺走一条命：我对人心的冷漠感到震惊，于是我怀念善良。

善良，生命对生命的同情，多么普通的品质，今天仿佛成了稀有之物。中外哲人都认为，同情是人与兽的区别的开端，是人类全部道德的基础。没有同情，人就不是人，社会就不是人待的地方。

人是怎么沦为兽的？就是从同情心的麻木和死灭开始的，由此下去可以干一切坏事，成为法西斯，成为恐怖主义者。善良是区分好人与坏人的最初界限，也是最后界限。

看到今天许多人以满足物质欲望为人生唯一目标，全部生活由赚钱和花钱两件事组成，我为人们心灵的贫乏感到震惊，于是我怀念丰富。

丰富，人的精神能力的生长、开花和结果，上天赐给万物之灵的最高享受，为什么人们弃之如敝屣呢？中外哲人都认为，丰富的心灵是幸福的真正源泉，精神的快乐远远高于肉体的快乐。上天的赐予本来是公平的，每个人天性中都蕴含着精神需求，在生存需要基本得到满足之后，这种需求理应觉醒，它的满足理应越来越成为主要的目标。那些永远在功利世界中折腾的人，那些从来不谙思考、阅读、独处、艺术欣赏、精神创造等心灵快乐的人，他们是怎样辜负了上天的赐予啊！不管他们多么有钱，他们是度过了怎样贫穷的一生啊！

看到有些人为了获取金钱和权力毫无廉耻，可以干任何出卖自己尊严的事，然后又依仗所获取的金钱和权力毫无顾忌，肆意凌辱他人的尊严，我为这些人的灵魂的卑鄙感到震惊，于是我怀念高贵。

高贵，曾经是许多时代最看重的价值，被看得比生命还重要，现在似乎很少有人提起了。人的灵魂应该是高贵的，人应该做精神贵族，世上最可恨也最可悲的岂不是那些有钱有势的精神贱民？

我听见一切世代的哲人在向今天的人们呼唤：人啊，你要有善良的心、丰富的心灵、高贵的灵魂，这样你才无愧于人的称号，你才是作为真正的人在世间生活。

善良、丰富、高贵——令人怀念的品质，人之为人的品质，我期待今天更多的人拥有它们。

人所能及的神圣

自古以来，对那些渴望超凡脱俗的人来说，肉体似乎始终是一个麻烦。这个肉体活着时要受欲望的折磨，而最后的结局又必是死亡。神是没有肉体的，所以神不会痛苦，也不会死亡。肉体似乎是人的动物性的根源，它决定了人不能摆脱动物的地位，达到神的境界。为了达到神的境界，人好像必须战胜这个肉体，在某种意义上把它消灭掉。正是出于这样的考虑，世界各种宗教里都有人主张和实行苦行主义，用许多烦琐的戒律来限制和禁绝肉体的欲望，摧毁肉体固有的动物性本能。

由这个途径能否达于神圣呢？据说有极少数人成功了，例如基督教中的圣徒和佛教中的高僧。我是俗界中人，难以揣摩其中的奥秘。依我俗人之见，灭绝肉体的欲望无异于扼杀生命的乐趣，代价未免太大。而且，如此求得的那个状态究竟真的是出神入化的仙境，抑或只是因为肉体衰竭而造成的一种幻觉，实在也不好说。人生而有一个肉体，这个肉体生而有七情六欲，这本是大自然的安排。在我看来，任何逆自然之道而行的做法总是有些不对头。

所以，我更赞成另一种途径，即肯定肉体及其欲望的合理性，不是甩掉肉体，而是带着肉体走向神圣。这就是通常所说的实现本能的升华。为了实现本能的升华，前提是必须对欲望进行某种限制。一方面有健全的生命欲望，另一方面既非加以禁绝，又非任其泛滥，而是使之沿着一定的轨道宣泄，迸发为精神追求和创造的原动力。譬如说，凡正常人皆有性欲，这是一种纯粹动物性的本能，如果对它毫不加以限制，滥交纵欲，人便与禽兽无异。但是，性欲又是许多美好的情感包括爱情、美感、创造欲的原动力，而为了使它升华为这些美好的情感，限制是绝对必要的。尤其在少年时期，性的觉醒和某种程度的压抑会形成一种奇妙的张力，成为滋生这些美好情感的沃土。相反，肉欲泛滥之处，爱情和美感便荡然无存。

人之为人，就在于他身上既有动物性，又有神性。人身上的神性不是灭绝了动物性而产生的，而是由动物性升华而来的，这是人所能及的神圣和超越。所谓人性，也就是动物性向神性的升华。我不相信世上有毫无动物性的神人。遗憾的是，世上的确有几乎没有一丝一毫神性、唯剩动物性的兽人。这种人心目中没有任何神圣的价值，百无禁忌，为了满足自己的欲望，可以做出任何伤天害理的事情，甚至残杀无辜。在当今社会上，这类人似在增多，实在令人担忧。造成这种情形的原因很复杂，因而要改变也就必须做多方面的努力。从精神的层面看，一个重要原因便是对神圣价值的信仰的普遍丧失。对此我只能说，无论个人，还是民族，都要有所敬畏，相信世上仍有不可亵渎的神圣价值，否则必遭可怕的惩罚。

"己所欲，勿施于人"

　　中外圣哲都教导我们："己所不欲，勿施于人。"这是要我们将心比心，不把自己视为恶、痛苦、灾祸的东西强加于人。己所不欲却施于人，损人利己，把自己的快乐建立在别人的痛苦之上，这种行径当然是对别人的严重侵犯。然而，这只是事情的一个方面。

　　另一方面，自己视为善、快乐、幸福的东西，难道就可以强加于人了吗？要是别人并不和你一样认为它们是善、快乐、幸福，这样做岂不也是对别人的一种严重侵犯？在实际生活中，更多的纷争的确起于强求别人接受自己的趣味、观点、立场等。大至在信仰问题上，试图以自己所信奉的某种教义统一天下，甚至不惜为此发动战争；小至在思维方式上，在生活习惯上，在艺术欣赏上，在文学批评上，人们很容易以自己所是为是，斥别人所是为非。即使在一个家庭的内部，夫妇间改造对方趣味的斗争也是屡见不鲜的。

事情的这一个方面往往遭到了忽视。人们似乎认为，以己不欲施于人是明显的恶，出发点就是害人，以己所欲施于人的动机却是好的，是为了助人、救人、造福于人。殊不知，在人类历史上，以救世主自居的世界征服者们造成的苦难远远超过普通的歹徒。我们应该记住，己所欲未必是人所欲，同样不可施于人。如果说"己所不欲，勿施于人"是一个文明人的起码品德，它反对的是对他人的故意伤害，主张自己活也让别人活，那么，"己所欲，勿施于人"便是一个文明人的高级修养，它尊重的是他人的独立人格和精神自由，进而提倡自己按自己的方式活，也让别人按别人的方式活。

现代社会是一个价值多元的社会，在遵守法律的前提下，人们在精神信仰领域和私生活领域都享有了越来越多的自由。在我看来，这是一个合理化的进程，而那些以己所欲施于人者则是这个进程中的消极因素，倘若他们被越来越多的人宣布为不受欢迎的人，我是丝毫不会感到意外的。

报应

　　善有善报，恶有恶报——这是佛家的信念，在别的宗教中也能找出类似的训诲。事实上，作为一个朴素的愿望，它存在于一切善良的人心中。当我们无力惩恶时，我们只好指望老天显示正义。我们还试图以此警告恶人，恶人之所以敢于肆无忌惮地作恶，就是因为他们自以为可以不受惩罚，如果报应不爽，他们必有所收敛。可惜的是，在现实生活中，我们仍然常常看见恶人走运，好人反而遭灾。于是，我们困惑了，愤怒了，斥报应说为谎言，或者，为了安慰自己，我们便将报应的兑现推迟到来世或天国。

　　如果把报应理解为世俗性质的苦乐祸福，那么，它在另一个世界里能否兑现，实在是很渺茫的。即使真有灵魂或来世，我也不相信好人必定上天堂或者投胎富贵人家，恶人必定下地狱或者投胎贫贱人家。不过，我依然相信善有善报，恶有恶报，只是应该按照一种完全不同的含义来理解。我相信报应就在现世，而真正的报应是：对好人和恶人来说，由于内在精神品质的不同，即使相同的外在遭遇也具有迥然不同的意义。譬如说，好人和恶人都难免遭受人世的苦难，但是，正如奥古斯丁所说："同样的痛苦，对善者是证实、洗礼、净化，对恶者是诅咒、浩劫、毁灭。"与此同理，同样的身外之福，例如财产，对善者可以助成闲适、知足、慷慨的心情，对恶者却是烦恼、绳索和负担。总之，世俗的祸福，在善者都可转化为一种精神价值，在恶者都会成为一种惩罚。善者播下的是精神的种子，收获的也是精神的果实，这就已是善报了。恶者枉活一世，未曾体会过任何一种美好的精神价值，这也已是恶报了。

《约翰福音》有言："光来到世间，世人因自己的行为是恶的，不爱光倒爱黑暗，定他们的罪就是在此。"的确，光明并不直接惩罚不接受它的人，拒绝光明，停留在黑暗中，这本身即惩罚。一切最高的奖励和惩罚都不是外加的，而是行为本身给行为者造成的精神后果。高尚是对高尚者的最高奖励，卑劣是对卑劣者的最大惩罚。上帝的真正宠儿不是那些得到上帝的额外恩赐的人，而是最大限度实现了人性的美好可能性的人。当人性的光华在你的身上闪耀，使你感受到做人的自豪时，这光华和自豪便已是给你的报酬，你确实会觉得一切外在的遭际并非很重要了。

理想主义
永远不会过时

第三章

在理想主义普遍遭耻笑的时代，一个人仍然坚持做理想主义者，
就必定不是因为幼稚，而是因为精神上的成熟和自觉。

梦并不虚幻

　　那是一个非常美丽的真实的故事——

　　在巴黎，有一个名叫夏米的老清洁工，曾经替朋友抚育过一个小姑娘。为了给小姑娘解闷，他常常讲故事给她听，其中有一个金蔷薇的故事。他告诉她，金蔷薇能使人幸福。后来，这个名叫苏珊娜的小姑娘离开了他，并且长大了。有一天，他们偶然相遇。苏珊娜生活得并不幸福。她含泪说："要是有人送我一朵金蔷薇就好了。"从此以后，夏米就把每天在首饰坊里清扫到的灰尘搜集起来，从中筛选出金粉，决心把它们打成一朵金蔷薇。金蔷薇打好了，可是，这时他听说，苏珊娜已经远走美国，不知去向。不久，人们发现，夏米悄悄地死去了，在他的枕头下，放着用皱巴巴的蓝色发带包扎的金蔷薇，散发出一股老鼠的气味。

送给苏珊娜一朵金蔷薇，这是夏米的一个梦想。使我们感到惋惜的是，他最终未能实现这个梦想。也许有人会说：早知如此，他就不必年复一年徒劳地筛选金粉了。可是，我觉得，即使夏米的梦想毫无结果，这个寄托了他的善良和温情的梦想本身已经足够美好，给他单调的生活增添了一种意义，把他同那些没有任何梦想的普通清洁工区分开来。

说到梦想，我发现和许多大人真是讲不通。他们总是这样提问题：梦想到底有什么用？在他们看来，一样东西，只要不能吃，不能穿，不能卖钱，就没有用。他们比起那则童话故事里的小王子可差远了，这位小王子从一颗外星球落在地球的一片沙漠上，感到渴了，寻找着一口水井。他一边寻找，一边觉得沙漠非常美丽，明白了一个道理："使沙漠显得美丽的，是它在什么地方藏着一口水井。"沙漠中的水井是看不见的，我们也许能找到，也许找不到。可是，正是对看不见的东西的梦想驱使我们去寻找，去追求，在看得见的事物里发现隐秘的意义，从而觉得我们周围的世界无比美丽。

其实，诗、童话、小说、音乐等都是人类的梦想。印度诗人泰戈尔说得好： "如果我小时候没有听过童话故事，没有读过《一千零一夜》和《鲁滨孙漂流记》，远处的河岸和对岸辽阔的田野景色就不会如此使我感动，世界对我就不会这样富有魅力。"英国诗人雪莱肯定也听到过人们指责诗歌没有用，他反驳说：诗才"有用"呢，因为它"创造了另一种存在，使我们成为一个新世界的居民"。的确，一个有梦想的人和一个没有梦想的人，是生活在完全不同的世界里的。如果你和那种没有梦想的人一起旅行，你一定会觉得乏味透顶。一轮明月当空，他们最多说月亮像一个烧饼，压根儿不会有"明月几时有，把酒问青天"的豪情。面对苍茫大海，他们只看到一大片水，绝不会像安徒生那样想到海的女儿，或像普希金那样想到渔夫和金鱼的故事。唉，有时我不免想，与只知做梦的人比，从来不做梦的人更像白痴。

好梦何必成真

好梦成真——这是现在流行的一句祝词，人们以此互相慷慨地表达友善之意。每当听见这话，我就不禁思忖：好梦都能成真，都非要成真吗？

有两种不同的梦。

第一种梦，它的内容是实际的，譬如说，梦想升官发财，梦想娶一个倾国倾城的美人或嫁一个富甲天下的款哥，梦想得诺贝尔奖金，等等。对于这些梦，弗洛伊德的定义是适用的：梦是未实现的愿望的替代。未实现不等于不可能实现，世上的确有人升了官发了财，娶了美人或嫁了富翁，得了诺贝尔奖金。这种梦的价值取决于能否变成现实，如果不能，我们就说它是不切实际的梦想。

第二种梦，它的内容与实际无关，因而不能用能否变成现实来衡量它的价值。譬如说，陶渊明梦见桃花源，鲁迅梦见好的故事，但丁梦见天堂，或者作为普通人的我们梦见一片美丽的风景。这种梦不能实现也不需要实现，它的价值在其自身，做这样的梦本身就是享受，而记载了这类梦的《桃花源记》《好的故事》《神曲》本身便成了人类的精神财富。

所谓好梦成真往往是针对第一种梦发出的祝愿，我承认其有合理性。一则古代故事描绘了一个贫穷的樵夫，说他白天辛苦打柴，夜晚大做其富贵梦，奇异的是每晚的梦像连续剧一样向前推进，最后好像是他当上了皇帝。这个樵夫因此过得十分快活，他的理由是：倘若把夜晚的梦当成现实，把白天的现实当成梦，他岂不就是天下最幸福的人。这种自欺的逻辑遭到了当时人的嘲笑，我相信我们今天的人多半也会加入嘲笑的行列。

可是，说到第二种梦，情形就很不同了。我想把这种梦的范围和含义扩大一些，举凡组成一个人的心灵生活的东西，包括生命的感悟、艺术的体验、哲学的沉思、宗教的信仰，都可归入其中。这样的梦永远不会变成看得见摸得着的直接现实，在此意义上不可能成真。但也不必在此意义上成真，因为它们有着与第一种梦完全不同的实现方式，不妨说，它们的存在本身就已经构成了一种内在的现实，这样的好梦本身就已经是一种真。

我把第一种梦称作物质的梦，把第二种梦称作精神的梦。不能说做第一种梦的人庸俗，但是，如果一个人只做物质的梦，从不做精神的梦，说他庸俗就不算冤枉。如果整个人类只梦见黄金而从不梦见天堂，即使梦想成真，也只是生活在铺满金子的地狱里而已。

不做梦的人必定平庸

　　两种人爱做梦：太有能者和太无能者。他们都与现实不合，前者超出，后者不及。但两者的界限是不易分清的，在成功之前，前者常常被误认为后者。

　　可以确定的是，不做梦的人必定平庸。

　　在某种意义上，美、艺术都是梦。但是，梦并不虚幻，它对人心的作用和它在人生中的价值完全是真实的。不妨设想一下，倘若彻底排除梦、想象、幻觉的因素，世界不再有色彩和音响，人心不再有憧憬和战栗，生命还有什么意义？在人生画面上，梦幻也是真实的一笔。

梦是虚幻的，但虚幻的梦所发生的作用是完全真实的。美、艺术、爱情、自由、理想、真理，都是人生的大梦。如果没有这一切梦，人生会是一个什么样子啊！

两种人爱做梦：弱者和智者。弱者梦想现实中有但他无力得到的东西，他以之抚慰生存的失败；智者梦想现实中没有也不可能有的东西，他以之解说生存的意义。

人们做的事往往相似，做的梦却千差万别，也许在梦中藏着每一个人的更独特也更丰富的自我。

我喜欢奥尼尔的剧本《天边外》。它使你感到，一方面，幻想毫无价值，美毫无价值，一个幻想家总是实际生活的失败者，一个美的追求者总是处处碰壁的倒霉鬼；另一方面，对天边外的秘密的幻想，对美的憧憬，仍然是人生的最高价值，那种在实际生活中即使一败涂地还始终如一地保持幻想和憧憬的人，才是真正的幸运儿。

梦想常常是创造的动力。凡·高这样解释他的创作冲动："我一看到空白的画布呆望着我，就迫不及待地要把内容投掷上去。"在每一个创造者眼中，生活本身就是这样一张空白的画布，等待着他去赋予内容。相反，谁眼中的世界如果是一座琳琅满目的陈列馆，摆满了现成的画作，这个人肯定不会再有创造的冲动，他最多只能做一个鉴赏家。

在这个时代，能够沉醉于自己的心灵空间的人越来越少了。那么，好梦联翩就是福，何必成真。

在一定意义上，艺术家是一种梦与事不分的人，做事仍像在做梦，所以做出了独一无二的事。

人生如梦，爱情是梦中之梦；诸色皆空，色欲乃空中之空。可是，若无爱梦萦绕，人生岂不更是赤裸裸的空无；离了暮雨朝云，巫山纵然万古长存，也只是一堆死石头罢了。

在梦中，昨日的云雨更美。只因襄王一梦，巫山云雨才成为世世代代的美丽传说。

理想主义永远不会过时

据说，一个人如果在十四岁时不是理想主义者，他一定庸俗得可怕；如果在四十岁时仍是理想主义者，他又未免幼稚得可笑。

我们或许可以引申说，一个民族如果全体都陷入某种理想主义的狂热，当然太天真；如果在它的青年人中竟然也难觅理想主义者，又实在太堕落了。

由此我又相信，在理想主义普遍遭耻笑的时代，一个人仍然坚持做理想主义者，就必定不是因为幼稚，而是因为精神上的成熟和自觉。

有两种理想。一种是社会理想，旨在救世和社会改造；另一种是人生理想，旨在自救和个人完善。如果说前者还有一个是否切合社会实际的问题，那么，对后者来说，这个问题根本不存在。人生理想仅仅关涉个人的灵魂，在任何社会条件下，一个人总是可以追求智慧和美德的。如果你不追求，那只是因为你不想，绝不能以不切实际为由来替自己辩解。

理想是灵魂生活的寄托。所以，就处世来说，如果世道重实利而轻理想，理想主义就会显得不合时宜；就做人来说，只要一个人看重灵魂生活，理想主义对他便永远不会过时。

当然，对于没有灵魂的东西，理想毫无用处。

理想主义永远不会远去，它在每一个珍视精神价值的人的心中，这是它在任何时代存在的唯一方式。

理想：对精神价值的追求。理想主义：把精神价值置于实用价值之上，作为人生或社会的主要目标、最高目标。

向理想索取实用价值，这是自相矛盾。

精神性的目标只是一个方向，它的实现方式不是在未来某一天变成可见的现实，而是作为方向体现在每一个当下的行为中。也就是说，它永远不会完全实现，又时刻可以正在实现。

人类那些最基本的价值，例如正义、自由、和平、爱、诚信，是不能用经验来证实和证伪的。它们本身就是目的，就像高尚和谐的生活本身就值得人类追求一样，因此我们不可用它们会带来什么实际的好处评价它们，当然更不可用违背它们会造成什么具体的恶果检验它们了。

有些人所说的理想，是指对于社会的一种不切实际的美好想象，一旦看到社会真相，这种想象当然就会破灭。我认为这不是理想这个概念的本义。理想应该是指那些值得追求的精神价值，例如作为社会理想的正义，作为人生理想的真、善、美等等。这个意义上的理想是永远不可能完全实现的，否则就不成其为理想了。

圣徒是激进的理想主义者，智者是温和的理想主义者。

在没有上帝的世界上，一个寻求信仰而不可得的理想主义者会转而寻求智慧的救助，于是成为智者。

我们永远只能生活在现在，要伟大就现在伟大，要超脱就现在超脱，要快乐就现在快乐。总之，如果你心目中有了一种生活的理想，那么，你应该现在就来实现它。倘若你只是想象将来有一天能够伟大、超脱或快乐，而现在总是畏缩、钻营、苦恼，则我敢断定你永远不会有伟大、超脱、快乐的一天。作为一种生活态度，理想是现在进行时的，而不是将来时的。

对一切有灵魂生活的人来说，精神的独立价值和神圣价值是不言而喻的，是无法证明也不需证明的公理。

朝圣的心路
——《各自的朝圣路》序

托尔斯泰年老的时候，一个美国女作家去拜访他，问他为什么不写作了，托尔斯泰回答说："这是无聊的事。书太多了，如今无论写出什么书来也影响不了世界。即使基督再现，把《福音书》拿去付印，太太们也只是拼命想得到他的签名，别无其他。我们不应该再写书、读书、讲话，而应该行动。"

近来我好像也常常有这样的想法。看见人们正以可怕的速度写书、编书、造书、"策划"（这个词已经堂而皇之地上了版权页）书，每天有无数的新书进入市场，叫卖声震耳欲聋，转眼间又都销声匿迹，我不禁想：我再往其中增加一本有什么意义吗？

可是，我还是往其中增加了一本。

我如此为自己解嘲：我写作从来就不是为了影响世界，而只是为了安顿自己——让自己有事情做，活得有意义或者似乎有意义。所以，对我来说，写作何尝不是一种行动呢？

托尔斯泰晚年之所以拒斥写作，是因为耻于智识界的虚伪，他决心与之划清界限，又愤于公众的麻木，他不愿再对爱慕虚荣的崇拜者说话。然而，事实上，托尔斯泰始终不是一个真正的社会活动家。他从前的文学创作也罢，后来的宣传宗教、上书沙皇、解放家奴、编写识字读本等所谓行动也罢，都是为了解决他自己灵魂的问题，是由不同的途径走向他心目中的那同一个上帝。正像罗曼·罗兰在驳斥所谓有前后两个截然不同的托尔斯泰的论调时所说的："只有一个托尔斯泰，我们爱他整个，因为我们本能地感到在这样的心魂中，一切都有立场，一切都有关联。"我相信，这立场就是他对人生真理的不懈寻求，这关联就是他一直在走着的同一条朝圣路。

但我还是要庆幸托尔斯泰一生主要是用写作的方式来寻找和接近他的上帝的，我们因此才得以辨认他朝圣的心迹。我想说的是，我要庆幸世上毕竟有真正的好书，它们真实地记录了那些优秀灵魂的内在生活。不，不只是记录，当我读它们的时候，我鲜明地感觉到，作者在写它们的同时就是在过一种真正的灵魂生活。这些书多半是沉默的，可是我知道它们存在着，等着我去把它们一本本打开，无论打开哪一本，都必定会是一次新的难忘的经历。读了这些书，我仿佛结识了一个个不同的朝圣者，他们走在各自的朝圣路上。是的，世上有多少个朝圣者，就有多少条朝圣路。每一条朝圣的路都是每一个朝圣者自己走出来的，不必相同，也不可能相同。然而，只要你自己也是一个朝圣者，你就会觉得这不是一个缺陷，反而是一个鼓舞。你会发现，每个人正是靠自己孤独的追求加入人类的精神传统的，只要你的确走在自己的朝圣路上，你其实并不孤独。

本书是我1996年至1998年所发表的文章的一个结集。我给这本书取现在这个名字，一是因为其中我自己比较满意的文章几乎都是读了我所说的那些朝圣者的书而发的感想；二是因为我自己写作时心中悬着的对象常是隐藏在人群里的今日的朝圣者，不管世风如何浮躁，我始终读到他们存在的消息。当然，这个书名同时也是我对自己的一个鞭策，为我的写作立一个标准。我对本书在总体上并不满意，我还要努力。假如有一天写作真的成了托尔斯泰所说的无聊的事，我就坚决搁笔，决不在这个文坛上瞎掺和下去。

勇气证明信仰

在尼采挑明"上帝死了"这个事实以后，信仰如何可能？这始终是困扰着现代关注灵魂生活的人们的一个难题。德裔美国哲学家蒂利希的《存在的勇气》（1952）一书便试图解开这个难题。他的方法是改变以往用信仰解释勇气的思路，而用勇气来解释信仰。我把他的新思路概括成一句最直白的话，便是：有明确的宗教信仰并不证明有勇气，相反，有精神追求的勇气证明了有信仰。因此我们可以说，当一个人被信仰问题困扰——当然这只能发生在有精神追求的勇气的人身上——的时候，他就已经是一个有信仰的人了。

蒂利希从分析现代人的焦虑着手。他所说的焦虑指存在性焦虑，而非精神分析学家们所津津乐道的那种病理性焦虑。人是一种有限的存在物，这意味着人在自身中始终包含着非存在，而焦虑就是意识到非存在的威胁时的状态。根据非存在威胁人的存在的方式，蒂利希把焦虑分为三种类型。一是非存在威胁人的本体上的存在，表现为对死亡和命运的焦虑。此种焦虑在古代末期占上风。二是非存在威胁人的道德上的存在，表现为对谴责和罪过的焦虑。此种焦虑在中世纪末期占上风。三是非存在威胁人在精神上的存在，表现为对无意义和空虚的焦虑。蒂利希认为，在现代占主导地位的焦虑即这一类型。

如果说焦虑是自我面对非存在的威胁时的状态，那么，存在的勇气就是自我不顾非存在的威胁而仍然肯定自己的存在。因此，勇气与焦虑是属于同一个自我的。现在的问题是，自我凭借什么敢于"不顾"，它肯定自己的存在的力量从何而来？

对于这个问题，存在主义的回答是，力量就来自自我，在一个没有上帝的世界上，自我是绝对自由的，又是绝对孤独的，因而能够也只能够凭借自己的力量肯定自己。蒂利希认为这个回答站不住脚，因为人是有限存在物，不可能具备这样的力量。这个力量必定另有来源，蒂利希称之为"存在本身"。是"存在本身"在通过我们肯定着它自己，反过来说，也是我们在通过自我肯定这一有勇气的行为肯定着"存在本身"之力，而"不管我们是否认识到了这个力"。在此意义上，存在的勇气即信仰的表现，不过这个信仰不再是某种神学观念，而是一种被"存在本身"的力量所支配时的状态了。蒂利希把这种信仰称作"绝对信仰"，并认为它已经超越了关于上帝的有神论观点。

乍看起来，蒂利希的整个论证相当枯燥且有玩弄逻辑之嫌。"存在本身"当然不包含一丝一毫非存在，否则就不成其为"存在本身"了。因此，唯有"存在本身"才具备对抗非存在的绝对力量。也因此，这种绝对力量无非来自这个概念的绝对抽象性质罢了。我们甚至可以把整个论证归结为一个简单的语言游戏：某物肯定自己的存在等于存在通过某物肯定自己。然而，在这个语言游戏之下好像还是隐藏着一点真正的内容。

自柏拉图以来，西方思想的传统是把人的生活分成两个部分，即肉身生活和灵魂生活，两者分别对应于人性中的动物性和神性。它们各有完全不同的来源，前者来自自然界，后者来自超自然的世界——神界。不管人们给这个神界冠以什么名称，是柏拉图的"理念世界"，还是基督教的"上帝"，对它的信仰似乎是绝对必要的。因为如果没有神界，只有自然界，人的灵魂生活就失去了根据，对之便只能做出两种解释：或者是根本就不存在灵魂生活，人与别的动物没有什么两样，所谓灵魂生活只是人的幻觉和误解；或者虽然有灵魂生活，但因为没有来源而仅是自然界里一种孤立的现象，所以人的一切精神追求都是徒劳而绝望的。这正是近代以来随着基督教信仰崩溃而出现的情况。我们的确看到，一方面，在世俗化潮流的席卷下，人们普遍对灵魂生活持冷漠的态度；另一方面，那些仍然重视灵魂生活的人则陷入了空前的苦闷之中。

蒂利希的用意无疑是要为后一种人打气。在他看来，现代真正有信仰的人只能到他们中去寻找，怀疑乃至绝望正是信仰的现代形态。相反，盲信与冷漠一样，同属精神上的自弃，是没有信仰的表现。一个人为无意义而焦虑，他的灵魂的渴望并不因为丧失了神界的支持而平息，反而更加炽烈，这只能说明存在着某种力量，那种力量比关于上帝的神学观念更加强大，更加根本，因而并不因为上帝观念的解体而动摇，是那种力量支配了他。所以，蒂利希说："把无意义接受下来，这本身就是有意义的行为，这是一种信仰行为。"把信仰解释为灵魂的一种状态，而非头脑里的一种观念，这是蒂利希最发人深省的提示。事实上，灵魂状态是最原初的信仰现象，一切宗教观念包括上帝观念都是由之派生的，是这个原初现象的词不达意的自我表达。

当然，同样的责备也适用于蒂利希所使用的"存在本身"这个概念。诚如他自己所说，本体论只能用类比的方式说话，因而永远是词不达意的。所有这类概念只是表达了一个信念，即宇宙必定具有某种精神实质，而不是一个完全盲目的过程。我们无法否认，古往今来，以那些最优秀的分子为代表，在人类中始终存在着一种精神性的渴望和追求。人身上发动这种渴望和追求的那个核心显然不是肉体，也不是以求知为鹄的理智，我们只能称之为灵魂。我在此意义上相信灵魂的存在。进化论最多只能解释人的肉体和理智的起源，却无法解释灵魂的起源。即使人类精神在宇宙过程中只有极短暂的存在，它也不可能没有来源。因此，关于宇宙精神本质的假设是唯一的选择。这一假设永远不能证实，但也永远不能证伪。正因为如此，信仰总是一种冒险。也许，与那些世界征服者相比，精神探索者们是一些更大的冒险家，因为他们想得到的是比世界更宝贵、更持久的东西。

信仰的核心

在这个世界上，有的人信神，有的人不信，由此而区分为有神论者和无神论者、宗教徒和俗人。不过，这个区分并非很重要。还有一个比这重要得多的区分，便是有的人相信神圣，有的人不相信，人由此而分出了高尚和卑鄙。

一个人可以不信神，但不可以不相信神圣。是否相信上帝、佛、真主或别的什么主宰宇宙的神秘力量，往往取决于个人所隶属的民族传统、文化背景和个人的特殊经历，甚至取决于个人的某种神秘体验，这是勉强不得的。一个没有这些宗教信仰的人，仍然可能是一个善良的人。然而，倘若不相信人世间有任何神圣价值，百无禁忌，为所欲为，这样的人就与禽兽无异了。

相信神圣的人有所敬畏。在他心目中，总有一些东西属于做人的根本，是亵渎不得的。他并不是害怕受到惩罚，而是不肯丧失基本的人格。不论他对人生怎样充满着欲求，他始终明白，一旦人格扫地，他在自己面前也就失去了做人的自信和尊严，那么，一切欲求的满足都不能挽救他人生的彻底失败。

凡真正的信仰，核心的东西必是一种内在的觉醒，是灵魂对肉身生活的超越以及对普遍精神价值的追寻和领悟。信仰有不同的形态，也许冠以宗教之名，也许没有，宗教又有不同的流派，但是，都不能少了这个核心的东西，否则就不是真正的信仰。正因为如此，我们可以发现，一切伟大的信仰者，不论宗教上的归属如何，他们的灵魂是相通的，往往具有某些最基本的共同信念，因而能成为全人类的精神导师。

判断一个人有没有信仰，标准不是看他是否信奉某一宗教或某一主义，唯一的标准是在精神追求上是否有真诚的态度。一个有这样的真诚态度的人，不论他是虔诚的基督徒、佛教徒，还是苏格拉底式的无神论者，或尼采式的虚无主义者，都可视为真正有信仰的人。他们的共同之处是，都相信人生中有超出世俗利益的精神目标，它比生命更重要，是人生中最重要的东西，值得为之活着和献身。

他们的差异仅是外在的，他们都是精神上的圣徒，在寻找和守护同一个东西，使人类高贵、伟大、神圣的东西，他们的寻找和守护便证明了这种东西的存在。

人是由两个途径走向上帝或某种宇宙精神的，一是要给自己的灵魂生活寻找一个根源，另一是要给宇宙的永恒存在寻找一种意义。这两个途径也就是康德所说的心中的道德律和头上的星空。

上帝或某种宇宙精神本质的存在，这在认识论上永远只是一个假设，而不是真理。仅仅因为这个假设对于人类的精神生活发生着真实的作用，我们才在价值论的意义上把它看作真理。

一切外在的信仰只是桥梁和诱饵，其价值就在于把人引向内心，过一种内在的精神生活。神并非居住在宇宙间的某个地方，对我们来说，它唯一可能的存在方式是我们在内心中感悟到它。一个人的信仰之真假，分界也在于有没有这种内在的精神生活。伟大的信徒是那些有着伟大的内心世界的人，相反，一个全心全意相信天国或者来世的人，如果没有内心生活，你就不能说他有真实的信仰。

一切信仰的核心是对于内在生活的无比看重，把它看得比外在生活重要得多。这是一个可靠的标准，既把有信仰者和无信仰者区分开来，又把具有不同信仰的真信仰者联结在一起。

信仰的实质在于对精神价值本身的尊重。精神价值本身就是值得尊重的，无须为它找出别的理由来，这个道理对一个有信仰的人来说是不言自明的。这甚至不是一个道理，而是他内心深处的一种感情，他真正感觉到的人之为人的尊严之所在，人类生存的崇高性之所在。信仰愈是纯粹，愈是尊重精神价值本身，必然就愈能摆脱一切民族的、教别的、宗派的狭隘眼光，呈现出博大的气象。在此意义上，信仰与文明是一致的。信仰问题上的任何狭隘性，其根源都在于利益的侵入，取代和扰乱了真正的精神追求。人类的信仰生活永远不可能统一于某一种宗教，而只能统一于对某些最基本的价值的广泛尊重。

简单地说，我认为的信仰，就是相信人是有灵魂的，灵魂生活比肉体生活、世俗生活更重要，并且把这个信念贯彻在生活中，注重灵魂的修炼，坚守做人的道德。一个人不论是否信宗教，不论信哪种宗教，只要符合上述要求，就都是有信仰的。

宗教把人生看作通往更高生活的准备，这个观念既可能贬低人生，使之丧失自身的价值，也可能提升人生，使之获得超越的意义。

追求

　　每个追求者都渴望成功，然而，还有比成功更宝贵的东西，这就是追求本身。我宁愿做一个未必成功的追求者，而不愿做一个不再追求的成功者。如果说成功是青春的一个梦，那么，追求即青春本身，是一个人心灵年轻的最好证明。谁追求不止，谁就青春常在。一个人的青春是在他不再追求的那一天结束的。

　　在精神领域的追求中，不必说世俗的成功，社会和历史所承认的成功，即便是精神追求本身的成功，也不是主要目标。在这里，目标即寓于过程之中，对精神价值的追求本身成了生存方式，这种追求愈执着，就愈超越于所谓成败。一个默默无闻的贤哲也许更是贤哲，一个身败名裂的圣徒也许更是圣徒。如果一定要论成败，一个伟大的失败者岂不比一个渺小的成功者更有权被视为成功者？

那个在无尽的道路上追求着的人迷惘了。那个在无路的荒原上寻觅着的人失落了。怪谁呢？谁叫他追求，谁叫他寻觅！

无所追求和寻觅的人们，绝不会有迷惘感和失落感，他们活得明智而充实。

我不想知道你有什么，只想知道你在寻找什么，你就是你所寻找的东西。

有的人总是在寻找，凡到手的，都不是他要的。有的人从来不寻找，凡到手的，都是他要的。各有各的活法，究竟哪种好，只有天知道。

一个觉醒的灵魂，它觉醒的鲜明征兆是对虚假的生活突然有了敏锐的觉察和强烈的排斥。这时候，它就会因为清醒而感到痛苦。

人天生就是一种浪漫的动物。对人来说，一切享受若没有想象力的参与，就不会是真正的享受。人的想象力总是要在单纯的物之上添加一些别的价值，那添加的部分实际上就是精神价值。如果没有追求的激情在事前铺张，怀念的惆怅在事后演绎，直接的拥有必定是十分枯燥的。事实上，怀念和追求构成了我们的精神生活的基本内容。

一个人、一个民族，精神上发生危机，恰好表明这个人、这个民族有执拗的精神追求，有自我反省的勇气。可怕的不是危机，而是麻木。

一个精神贫乏、缺乏独特个性的人，当然不会遭受精神上危机的折磨。可是，对一个精神需求很高的人来说，危机，即供求关系的某种脱节，是不可避免的。他太挑剔了，世上不乏友谊、爱和事业，但不是他要的那一种，他的精神仍然感到饥饿。这样的人，必须自己为自己创造精神的食物。

许多人的所谓成熟，不过是被世俗磨去了棱角，变得世故而实际了。那不是成熟，而是精神的早衰和个性的夭亡。真正的成熟，应当是独特个性的形成，真实自我的发现，精神上的结果和丰收。

快感离幸福有多远

第四章

生命是一条毯子，苦难之线和幸福之线在上面紧密交织，
抽出其中一根就会破坏整条毯子、整个生命。
没有痛苦，人只能有卑微的幸福。
伟大的幸福正是战胜巨大痛苦所产生的生命的崇高感。

可持续的快乐

如果一个年轻女性来问我，青春不能错过什么，要我举出十件必须做的事，我大约会这样列举：

一、至少恋爱一次，最多两次。一次也没有，未免辜负了青春。但真恋爱不容易，超过两次，就有赝品之嫌。

二、交若干好朋友，可以是闺中密友，也可以是异性知音。

三、学会烹调，能烧几样好菜。重要的不是手艺本身，而是从中体会日常生活的情趣。

四、每年小旅行一次，隔几年大旅行一次，增长见识，拓宽胸怀。

五、锻炼身体，最好有一种自己喜欢、能够持之以恒的体育项目。

六、争取受良好的教育，精通一门专业知识或技能，掌握足以维持生存的看家本领。尽量按照自己的兴趣选择职业。如果做不到，就以敬业精神对待本职工作，同时在业余时间发展自己的兴趣。

七、养成高品位的读书爱好，读好书，找到属于自己的书中知己。

八、喜欢至少一种艺术，音乐、舞蹈、绘画都行，可以自己创作和参与，也可以只是欣赏。

九、养成写日记的习惯。它可以帮助你学会享受孤独，在孤独中与自己谈心。

十、经历一次较大的挫折而不被打败。只要不被打败，你就会变得比过去强大许多倍。不经历这么一回，你不会知道自己其实多么有力量。

开完这个单子，我再来说一说我的指导思想。我的指导思想很简单，第一条是快乐。青春是人生中生命力最旺盛的时期，快乐是天经地义的。我最讨厌那种说教，什么"少壮不努力，老大徒伤悲"，什么"吃得苦中苦，方为人上人"，仿佛青春的全部价值就在于为将来的成功而苦苦奋斗。在所有的人生模式中，为了未来而牺牲现在是最坏的一种，它把幸福永远向后推延，实际上是取消了幸福。人只有一个青春期，要享受青春，也只能是在青春期。有一些享受，过了青春期诚然还可以有，但滋味是不一样的。譬如说，人到中老年仍然可以恋爱，但终归减少了新鲜感和激情。同样是旅行，以青春期的好奇、敏感和精力充沛，也能取得中老年不易有的收获。依我看，"少壮不享乐，老大徒懊丧"至少也是成立的。倘若一个人在年轻时并非因为生活所迫而只知吃苦，拒绝享受，到年老力衰时即使成了人上人，也丧失了享受的能力，那又有什么意思呢？尤其是女性，我衷心希望她们有一个快乐的青春，否则这个世界也不会快乐。

但是，快乐不应该是单一的、短暂的、完全依赖外部条件的，而应该是丰富的、持久的、能够靠自己创造的，否则结果仍是不快乐。所以，我的第二条指导思想是可持续的快乐。这是套用"可持续发展"一语，用在这里正合适。青春终究会消逝，如果只是及时行乐，毫不为今后考虑，倒真会"老大徒伤悲"了。为今后考虑，一方面是实际的考虑，例如要有真本事，要有健康的身体，等等。另一方面，更重要的是，要使快乐本身不但是快乐，而且具有生长的能力，能够生成新的更多的快乐。我所列举的多数事情都属于此类，它们实际上是一些精神性质的快乐。青春是心智最活泼的时期，也是心智趋于定型的时期。在这个时期，一个人倘若能够通过读书、思考、艺术、写作等充分领略心灵的快乐，形成一个丰富的内心世界，他在自己的身上就拥有了一个永不枯竭的快乐源泉。这个源泉将泽被整个人生，使他即使在艰难困苦中也拥有人类最高级的快乐。在我看来，这是一个人可能在青春期获得的最重大成就。当然，女性同样如此。如果我不这样看，我就是歧视女性。如果哪个女性不这样看，她就未免太自卑了。

快乐工作的能力

　　我们在这个世界上生活，快乐是人人都想要的东西。不过，在多数情况下，快乐与工作好像没有什么关系。相反，人们似乎只有在工作之外才能找到快乐，下班之后、双休日、节假日才是一天、一周、一年中的快乐时光。当然，快乐是需要钱的，为此就必须工作，工作的价值似乎只是为工作之外的快乐买单。

　　工作本身不快乐，快乐只在工作之外，这种情况相当普遍，但并不合理，因为不合人性。

　　什么是快乐？快乐是人性或者说人的需要得到满足的一种状态。人性有三个层次。一是生物性，即食色、温饱之类生理需要，满足则感到肉体的快乐。二是社会性，比如交往、被关爱、受尊敬的需要，满足则感到情感的快乐。三是精神性，包括头脑和灵魂，头脑有进行智力活动的需要，灵魂有追求和体悟生活意义的需要，二者的满足使人感到的是精神的快乐。

精神性是人的最高属性，正是作为精神性的存在，人与动物有了本质的区别。同样，精神的快乐是人所能获得的最高快乐，远比肉体的快乐更持久也更美好。对那些禀赋优秀的人来说，这一点是不言而喻的，如果让他们像一个没有头脑和灵魂的东西那样活着，他们宁可不活。获得精神快乐的途径有两类：一类是接受的，比如阅读、欣赏艺术品等；另一类是给予的，就是工作。正是在工作中，人的心智能力和生命价值都得到了积极实现，人感受到了生命的最高意义。如同纪伯伦所说："工作是看得见的爱，通过工作来爱生命，你就领悟了生命最深刻的秘密。"

当然，这里所说的工作不同于仅仅作为职业的工作，人们通常把它称作创造或自我实现。但是，就人性而言，这个意义上的工作原是属于一切人的。人人都有天赋的心智能力，区别在于是否得到了充分运用和发展。现在我们明白快乐工作与不快乐工作的界限在哪里了：仅仅作为谋生手段的工作是不快乐的，作为人的心智能力和生命价值的实现的工作是快乐的。用马克思的话说，前者是一个必然王国，后者是一个自由王国。

毫无疑问，在现实生活中，我们都还必须为谋生而工作。最理想的情况是谋生与自我实现达成一致，做自己真正喜欢做的事情，同时又能养活自己。能否做到这一点，在一定程度上要靠运气。不过，我相信，在开放社会中，一个人只要有自己真正的志趣，终归是有许多机会向这个目标接近的。就个人而言，最重要的还是要有自己真正的志趣，机会只可能对这样的人开放。也就是说，一个人首先必须具备快乐工作的愿望和能力，然后才谈得上快乐工作。

正是在这方面，今天青年人的情况令人担忧。中华英才网发起的"中国大学生最佳雇主调查"表明，在大学生对雇主的评价中，摆在首位的是全面薪酬和品牌实力两个因素。择业时考虑薪酬不足怪，我的担心是，许多人也许只有这一类外在标准，没有任何内心要求，对工作的唯一诉求是挣钱，挣钱越多就越是好工作，对于作为自我实现的工作毫无概念，那就十分可悲了。

事实上，工作的快乐与学习的快乐是一脉相承、性质相同的，基本的因素都是好奇心的满足、发现和创造的喜悦、智力的运用和得胜、心灵能力的生长等。一个学生倘若在学校的学习中从未体会过这些快乐，在走出学校之后，他怎么可能向工作要求这些快乐呢？学校教育的使命是让学生学会快乐地学习，为将来快乐地工作打好基础。能够快乐地学习和工作，这是精神上优秀的征兆。说到底，幸福是一种能力，它属于那些有着智慧的头脑和丰富的灵魂的优秀的人。首先要成为一个优秀的人，而只把成功看作优秀的副产品。不求优秀，只求成功，求得的至多是谋生的成功罢了。

毋庸讳言，今日的学校乃至整个社会存在着严重的急功近利倾向，对于培养快乐学习和工作的能力不是一个有利的环境。把大学办成职业培训场，只教给学生一些狭窄的专业知识，结果必然使大多数学生心目中只有就业这一个可怜的目标，只知道作为谋生手段的这一种不快乐的工作。这种做法极其短视，即使从经济发展的角度看，一个社会是由心智自由活泼的成员组成，还是由只知谋生的人组成，何者有更好的前景，答案也应是不言而喻的。对企业来说也是如此，许多企业已经强烈地感觉到，那些只有学历背景和专业技能、整体素质差的大学生完全不能适合其发展的需要。教育与市场直接挂钩，其结果反而是人才的紧缺，这表明市场本身已开始向教育提出质疑，要求它与自己拉开距离。教育应该比市场站得高看得远，培养出人性层面上真正优秀的人才，这样的人才自然会给社会包括企业和市场增添活力。

两种快乐的比较

物质带来的快乐终归是有限的，只有精神的快乐才能是无限的。

遗憾的是，现在的人们都在拼命追求有限的快乐，甘愿舍弃无限的快乐，结果普遍活得不快乐。

快乐更多地依赖于精神而非物质，这个道理一点也不深奥，任何一个品尝过两种快乐的人都可以凭自身的体验予以证明，那些沉湎于物质快乐而不知精神快乐为何物的人也可以凭自己的空虚予以证明。

肉体需要有它的极限，超出此上的都是精神需要。奢侈、挥霍、排场、虚荣都不是直接的肉体享受，而是一种精神上的满足，当然是比较低级的满足。一个人在肉体需要得到了满足之后，他的剩余精力必然要投向对精神需要的追求，而精神需要有高低之分，由此便鉴别出人的灵魂的质量。

正是与精神的快乐相比较，物质所能带来的快乐显出了它的有限，而唯有精神的快乐才能是无限的。因此，智者的共同特点是：一方面，因为看清了物质快乐的有限，最少的物质就能使他们满足；另一方面，因为渴望无限的精神快乐，再多的物质也不能使他们满足。

有的人始终在物质的层面上追求，无论得到了多少物质，仍然感到空虚，于是更热切地追求，然而空虚依旧，这是怎么回事呢？我想，对于这种情况，也许不可简单地斥为欲壑难填了事。一个可能的情况是，他们不知道空虚的原因，在试图解决时用力用错了方向。其实，是灵魂感到了空虚，而灵魂的空虚是再多的物质也填补不了的。人人都有一个灵魂，但并非人人都意识到自己灵魂的存在，而感到空虚恰恰是发现灵魂的一个契机。因此，我的劝告是，你不要逃避空虚，而要直面空虚，从而改变用力的方向，开启精神层面上的追求。否则，你通过追求物质来逃避空虚，既然这空虚是在你的灵魂里，你怎么逃避得了呢？

为了抵御世间的诱惑，积极的办法不是压抑低级欲望，而是唤醒、发展和满足高级欲望。我所说的高级欲望指人的精神需要，它也是人性的组成部分。人一旦品尝到和陶醉于更高的快乐，面对形形色色的较低快乐的诱惑自然就有了"定力"。最好的东西你既然已经得到，你对那些次好的东西也就不会特别在乎了。

对于饥饿者，肚子最重要，脑子不得不为肚子服务。吃饱了，肚子最不重要，脑子就应该为心灵工作了。人生在世，首先必须解决生存问题，生存问题基本解决了，精神价值就应该成为主要目标。如果仍盯着肚子以及肚子的延伸，脑子只围着钱财转动，正表明缺少了人之为人的最重要的"器官"——心灵，因此枉为了人。

民族也是如此。其情形当然比个人复杂，因为面对的是全体人民的生存问题，而如何保证其公平地解决，一开始就必须贯穿民主、正义、人权等精神价值的指导。

苦与乐的辩证法

苦与乐不但有量的区别，而且有质的区别。在每一个人的生活中，苦与乐的数量取决于他的遭遇，苦与乐的品质取决于他的灵魂。

欢乐与欢乐不同，痛苦与痛苦不同，其中的区别远远超过欢乐与痛苦的不同。

对于沉溺于眼前琐屑享受的人，不足与言真正的欢乐。对于沉溺于眼前琐屑烦恼的人，不足与言真正的痛苦。

一种西方的哲学教导我们趋乐避苦。一种东方的宗教教导我们摆脱苦与乐的轮回。可是，真正热爱人生的人把痛苦和快乐一齐接受下来。

　　一切爱都基于生命的欲望，而欲望不免造成痛苦。所以，许多哲学家主张节欲或禁欲，视宁静、无纷扰的心境为幸福。另一些哲学家却认为，拼命感受生命的欢乐和痛苦才是幸福，对于一个生命力旺盛的人，爱和孤独都是享受。

　　痛苦使人深刻，但是，如果生活中没有欢乐，深刻就容易走向冷酷。未经欢乐滋润的心灵太硬，缺乏爱和宽容。

　　快感和痛感是肉体感觉，快乐和痛苦是心理现象，而幸福和苦难则仅仅属于灵魂。幸福是灵魂的叹息和歌唱，苦难是灵魂的呻吟和抗议，在两者中凸现的是对生命意义或正或负的强烈体验。

　　痛苦是生命不可缺少的部分。生命是一条毯子，苦难之线和幸福之线在上面紧密交织，抽出其中一根就会破坏整条毯子、整个生命。没有痛苦，人只能有卑微的幸福。伟大的幸福正是战胜巨大痛苦所产生的生命的崇高感。

　　热爱人生的人纵然比别人感受到更多、更强烈的痛苦，同时也感受到更多、更强烈的生命之欢乐。

　　精神的强者能够从人生的痛苦中发现人生的快乐。他的精神足够充实，在沙漠中不会沮丧，反而感觉到孤独的乐趣；他的精神足够热烈，在冰窟中不会冻僵，反而感觉到凛冽的快意。这就是尼采所提倡的酒神精神。

消费＝享受？

　　我讨厌形形色色的苦行主义。人活一世，生、老、病、死，苦难够多的了，在能享受时凭什么不享受？享受实在是人生的天经地义。蒙田甚至把善于享受人生称作"至高至圣的美德"。据他说，恺撒、亚历山大都是视享受生活乐趣为自己的正常活动，而把他们叱咤风云的战争生涯看作非正常活动。

　　然而，怎样才算真正享受人生呢？对此就不免见仁见智了。依我看，我们时代的迷误之一是把消费当作享受，其实两者完全不是一回事。我并不想介入高消费能否促进繁荣的争论，因为那是经济学家的事，和人生哲学无关。我也无意反对汽车、别墅、高档家具、四星级饭店、KTV 包房等，只想指出这一切仅属于消费范畴，而奢华的消费并非享受的必要条件，更非充分条件。

当然，消费和享受不是绝对互相排斥的，有时两者会发生重合。但是，它们之间的区别又是显而易见的。例如，纯粹泄欲的色情活动只是性消费，灵肉与共的爱情才是性的真享受；走马观花式地游览景点只是旅游消费，陶然于山水之间才是大自然的真享受；用电视、报刊、书籍解闷只是文化消费，启迪心智的读书和艺术欣赏才是文化的真享受。简而言之，真正的享受必是有心灵参与的，其中必定包含了所谓"灵魂的愉悦和升华"的因素。否则，花钱再多也只能叫作消费。享受和消费的不同，相当于创造和生产的不同。创造和享受属于精神生活的范畴，就像生产和消费属于物质生活的范畴一样。

以为消费的数量会和享受的质量成正比，实在是一种糊涂看法。苏格拉底看遍雅典街头的货摊，惊叹道："这里有多少我不需要的东西啊！"每个稍有悟性的读者读到这个故事，都不禁会心一笑。塞内加说得好："许多东西，仅当我们没有它们也能对付时，我们才发现它们原来是多么不必要的东西。我们过去一直使用着它们，这并不是因为我们需要它们，而是因为我们拥有它们。"另一方面呢，正因为我们拥有了太多花钱买来的东西，便忽略了不用花钱买的享受。

"清风朗月不用一钱买"，可是每天晚上守在电视机前的我们哪里还想得起它们？"何夜无月？何处无竹柏？但少闲人如吾两人者耳。"在人人忙于赚钱和花钱的今天，这样的闲人更是到哪里去寻？

那么，难道不存在纯粹肉体的、物质的享受了吗？不错，人有一个肉体，这个肉体也很喜欢享受，为了享受也是很需要物质手段的。可是，仔细想一想，我们便会发现，人的肉体需要是有被它的生理构造所决定的极限的，因而由这种需要的满足而获得的纯粹肉体性质的快感差不多是千古不变的，无非是食色、温饱、健康之类。殷纣王"以酒为池，悬肉为林"，但他自己只有一个普通的胃。秦始皇筑阿房宫，"（前殿）东西五百步，南北五十丈"，但他自己只有五尺之躯。多么狂热的美食家，他的朵颐之快也必须有间歇，否则会消化不良。多么勤奋的登徒子，他的床笫之乐也必须有节制，否则会肾虚。每一种生理欲望都是会餍足的，并且严格地遵循着过犹不及的法则。山珍海味，挥金如土，更多的是摆阔气。藏娇纳妾，美女如云，更多的是图虚荣。万贯家财带来的最大快乐并非直接的物质享受，而是守财奴清点财产时的那份欣喜，败家子挥霍财产时的那份痛快。凡此种种，都已经超出生理满足的范围了，但称它们为精神享受未免肉麻，它们至多是一种心理满足罢了。

　　我相信人必定是有灵魂的，而灵魂与感觉、思维、情绪、意志之类的心理现象必定属于不同的层次。灵魂是人的精神"自我"的栖居地，所寻求的是真挚的爱和坚实的信仰，关注的是生命意义的实现。幸福只是灵魂的事，它是爱心的充实，是一种活得有意义的鲜明感受。肉体只会有快感，不会有幸福感。奢侈的生活方式给人带来的至多是一种浅薄的优越感，也谈不上幸福感。当一个享尽人间荣华富贵的幸运儿仍然为生活的空虚苦恼时，他听到的正是灵魂的叹息。

戏说欲望
——在巴黎之花晚宴上的讲话

今天的晚宴设计了六个话题，分别请六个人讲，刚才五位朋友讲了前五个话题，按照主办方的安排，现在我来讲最后一个。据我所知，原先拟定的话题里有"婚姻"，可是，婚姻好像是一个尴尬的话题，没人肯认领。这也难怪，因为，如果你赞美婚姻，等于是你在证明自己的平庸；如果你抨击婚姻，又等于是你在控诉自己的配偶，反正怎么说都不对。结果，"婚姻"被"回忆"取代。

这颇具讽刺意味。在现实生活中，回忆正是婚姻的避难所：当我们对婚姻发生动摇时，我们就回忆曾有的爱情，来坚定自己的信心；当我们对婚姻感到绝望时，我们就回忆从前的情人，来安慰——

确切地说是加深——自己的痛苦。

但是，这恰恰证明，在人生舞台上，婚姻是一个多么重要的角色，给了我们多么复杂的感受，不该缺席。所以，在向大家介绍一个新角色之前，我首先要恢复它的位置，而让"回忆"靠边站。

那么，人生舞台上的角色有这么五位：爱情、婚姻、幸福、浪漫、生活。现在我想告诉大家的是，我发现，这五位角色其实都是一位真正的主角的面具，是这位真正的主角在借壳表演，它的名字就叫——"欲望"。

什么是爱情？爱情就是欲望罩上了一层温情脉脉的面纱。

什么是婚姻？婚姻就是欲望戴上了一副名叫忠诚的镣铐，立起了一座名叫贞节的牌坊。

什么是幸福？幸福是欲望在变魔术，给你变出海市蜃楼，让你无比向往，走到跟前一看，什么也没有。

所谓浪漫，不过是欲望在玩情调罢了。

玩情调玩腻了，欲望说：让我们好好过日子吧。这就叫"生活"。

欲望在人生中起了这么重大的作用，它是好还是坏呢？

许多哲学家认为欲望是一个坏东西，理由有二。一是说它虚幻。比如，叔本华说："欲望不满足就痛苦，满足了就无聊，人就在痛苦和无聊里徘徊。"萨特说："人是一堆无用的欲望。"二是说它恶，是人间一切坏事的根源，导致犯罪和战争。

可是，生命无非就是欲望，否定了欲望，也就否定了生命。

怎么办？这里我们要请出人生中另外两位重要角色了，一位叫灵魂，另一位叫理性。灵魂是欲望的导师，它引导欲望升华，于是人类有了艺术、道德、宗教。理性是欲望的管家，它对欲望加以管理，于是人类有了法律、经济、政治。

你们看，人类的一切玩意儿，或者是欲望本身创造的，或者是为了对付欲望而创造的。说到底，欲望仍然是人生舞台上的主角。

欲望是一个爱惹事的家伙，可是，如果没有欲望惹事，人生就未免太寂寞了。

所以，最后我要说一句：谢谢"欲望"。

快感离幸福有多远

人有一个身体，这个身体有大自然所赋予的欲望。欲望未得到满足，身体便会处于失调状态，因欠缺而感到不适乃至痛苦。欲望得到满足，身体便重新进入协调状态，会感到惬意的平静。在二者之间，是欲望得到满足的过程，身体在这过程中所感到的就是快感。所谓快感，是针对身体而言的。食色，性也。为了个体的生存和种族的延续，大自然在人的身体中安置了这两种主要的欲望，其中又以性欲的满足带来最强烈的快感。

除了欲望，我们的身体还有各种感觉器官，它们的享受也可以归入快感之列。皮肤需要触摸和拥抱，否则会感到饥渴。婴儿贪恋母怀，不仅仅是为了吃奶和获得安全感，必定也感觉到了肌肤相亲的快感。年长之后，皮肤饥渴就常常和性欲混合在一起了。舌之对于美味的快感，当然始终是和食欲相关的。身处山野，我们感到身心愉快，其中包含着新鲜空气给予嗅觉的快感。目之于美景和秀色，耳之于天籁和音乐，其快乐肯定不是纯粹肉体性质的，但也可以算作感官的享受。此外，身体还有其他一些种类的快感，例如体育运动、舞蹈、摇滚时体能的释放和对节奏的享受，疲劳后沐浴、休憩、睡眠所带来的彻底放松，如此等等。

总之，快感是多种多样的，包括一切形式的身体享受。大自然为人安排了一个爱享受的身体，我们没有任何理由谴责身体的这种天性。所以，和文艺复兴时期的意大利人一样，我不赞成禁欲主义。美国舞蹈家邓肯有过许多浪漫的性爱经历，招来了飞短流长的议论，她为自己辩护道："我觉得肉体的快乐既天真无邪，又令人欢畅。你有一个身体，它天生要受好多痛苦，既然如此，只要有机会，为什么就不可以从你这个身体上汲取最大的快乐呢？"她说出的是身体的天经地义。事实上，为了从身体上汲取最大快乐，人类已经把快感变成了一门艺术，譬如说，世界各民族历史上几乎都产生了传授性爱技巧的经典著作。何况快感虽然属于身体，其意义却不限于身体。一个人能否自然地享受身体的快乐，往往表明他是否拥有充沛的生命力，而这一点往往又隐秘地支配着他的世界观，决定了他对世界的态度是积极还是消极的。正是在这个意义上，主张积极世界观的哲学家尼采一度把自己的哲学命名为"快乐的科学"。

然而，在对快感做了充分肯定之后，我不得不还要指出它的限度。人毕竟不只有一个身体，更有一个灵魂。因此，人不但要追求肉体的快乐，更要追求精神的快乐。许多哲学家都谈到，人的需要是有层次之分的，越是精神性的需要越居于高的层次。所谓高低不是从道德上讲的，我们不能以道德的名义否定肉体的快乐。但是，正如英国哲学家约翰·穆勒所说，凡是体验过两种快乐的人就会知道，精神的快乐更加强烈也更加丰富。所以，肉体的快乐只是起点，如果停留在这个起点上，沉湎于此，局限于此，实际上是蒙受了自己所不知道的巨大损失，把自己的人生限制在了一个可怜的范围内。与快感相比，幸福是一个更高的概念，而要达到幸福的境界就必须有灵魂的参与。其实，即使就快感而言，纯粹肉体性质的快感也是十分有限的，差不多也是雷同的，情感的投入才使得快感变得独特而丰富。一个人味觉再发达也不成其为美食家，真正的美食家都是烹调艺术和饮食文化的鉴赏家，鉴赏的快乐大大强化了满足口腹之欲时的快感。同样，最难忘的性爱经验一定是发生在两人都充满激情的场合。

今天，快感已成为最热门的消费品之一，以制造身体各个部位的快感为营业内容的各色服务行业欣欣向荣。我无意评判这一现象，只想提醒那些热心顾客向自己问两个问题。第一个问题：如果你只能到市场上去购买快感，再没有别的途径，你的身体的快感机制是否出了毛病？第二个问题：单凭这些买来的快感，你真的觉得自己幸福吗？

在义与利
之外

第五章

人在多大程度上不依赖物质的东西，
人就在多大程度上是自由的。
钱是好东西，但不是最好的东西。
最好的东西是生命的单纯、心灵的丰富和人格的高贵。

谈钱

一

钱对穷人最重要

金钱是衡量生活质量的指标之一。一个起码的道理是，在这个货币社会里，没有钱就无法生存，钱太少就要为生存操心。贫穷肯定是不幸，而金钱可以使人免于贫穷。

不要对我说钱不重要。试试看，让你没有钱，成为中国广大贫困农民中的一员，你还说不说这种话。对他们来说，钱意味着活命，意味着过最基本的人的生活。因为没有钱，多少人有病不能治，被本来可以治好的病夺去了生命；因为没有钱，多少孩子上不起学，

早早辍学，考上大学也只好放弃，有的父母甚至被逼用自杀来逃避
学费的难题；因为没有钱，农村天天上演着有声或无声的悲剧。

　　让我们记住，对穷人来说，钱是第一重要的。让我们记住，对
我们的社会来说，让穷人至少有活命的钱是第一重要的。

二
钱的重要性递减

　　对于不是穷人的人，即基本生活已有保障的人，钱仍有其重要
性。道理很简单：有更多的钱，可以买更多的物资和更好的服务，
改善衣食住行及医疗、教育、文化、旅游等各方面的条件。但是，
钱与生活质量之间的这种正比例关系是有一个限度的。超出了这个
限度，钱对于生活质量的作用就呈递减的趋势。原因就在于，一个
人的身体构造决定了他真正需要和能够享用的物质生活资料终归是
有限的，多出来的部分只是累赘和摆设。

　　我认为，基本上可以用小康的概念来标示上面所说的限度。从
贫困到小康是物质生活的飞跃，从小康再往上，金钱带来的物质生

活的满足就逐渐减弱了，直至趋于零。单就个人物质生活来说，一个亿万富翁与一个千万富翁之间不会有什么重要差别，钱超过了一定数量，便只成了抽象的数字。

金钱的好处

人们不妨赞美清贫，却不可讴歌贫困。人生的种种享受是需要好的心境的，而贫困会剥夺好的心境，足以扼杀生命的大部分乐趣。

金钱的好处便是使人免于贫困。

但是，在提供积极的享受方面，金钱的作用极其有限。人生最美好的享受，包括创造、沉思、艺术欣赏、爱情、亲情等等，都非金钱所能买到。原因很简单，所有这类享受皆依赖心灵的能力，而心灵的能力是与钱包的鼓瘪毫不相干的。

人在多大程度上不依赖物质的东西，人就在多大程度上是自由的。所谓不依赖，在生存有保障的前提下，是一种精神境界。穷人是不自由的，因为他的生存受制于物质。那些没有精神目标的富人更是不自由的，因为他的全部心灵都受制于物质。自由是精神生活的范畴，物质只是自由的必要条件，永远不是充分条件，永远不可能直接带来自由。

无论个人还是人类，如果谋求物质不是为了摆脱其束缚而获得精神的自由，人算什么万物之灵呢？

爱默生说：有钱的主要好处是用不着看人脸色了。这也是我的体会。钱是好东西，最大的好处是可以使你在钱面前获得自由，包括在一切涉及钱的事情面前，而在这个俗世间，涉及钱的事情何其多。所以，即使对一个不贪钱的人来说，有钱也是大好事。

但是，钱不是最好的东西，不能为了这个次好的东西而牺牲最好的东西。一个人如果贪钱，有了钱仍受钱支配，在钱面前毫无自由，这里说的有钱的好处就荡然无存了。

在做事的时候，把兴趣放在第一位，而把钱只当作副产品，这是面对金钱的一种最惬意的自由。当然，前提是钱已经够花了。不过，如果你把钱已经够花的标准定得低一点，你就可以早一点获得这个自由。

钱是好东西，但不是最好的东西。最好的东西是生命的单纯、心灵的丰富和人格的高贵。为了钱而毁坏最好的东西，是十足的愚昧。

钱够花了以后，给生活带来的意义便十分有限，接下来能否提高生活质量，就要看你的精神实力了。

金钱、消费、享受、生活质量——当我把这些相关的词排列起来时，我忽然发现它们好像有一种递减关系：金钱与消费的联系最为紧密，与享受的联系要弱一些，与生活质量的联系就更弱。因为至少享受不限于消费，还包括创造；生活质量不只看享受，还要看承受苦难的勇气。在现代社会里，金钱的力量当然是有目共睹的，但是这种力量肯定没有大到足以改变我们对生活的基本理解。

在义与利之外

"君子喻于义，小人喻于利。"中国人的人生哲学总是围绕着义、利二字打转。可是，假如我既不是君子，也不是小人呢？

曾经有过一个人皆君子、言必称义的时代，当时或许有过大义灭利的真君子，但更常见的是假义之名逐利的伪君子和轻信义的旗号的迂君子。那个时代过去了。曾几何时，世风剧变，义的信誉一落千丈，真君子销声匿迹，伪君子真相毕露，迂君子豁然开窍，都一窝蜂奔利而去。据说观念更新，义利之辨有了新解，原来利并非小人的专利，而是做人的天经地义。

"时间就是金钱！"这是当今一句时髦的口号。企业家以之鞭策生产，本无可非议。但世人把它奉为指导人生的座右铭，用商业精神取代人生智慧，结果就使自己的人生成了一种企业，使人际关系成了一个市场。

我曾经嘲笑廉价的人情味，如今，连人情味也变得昂贵而罕见了。试问，不花钱你能买到一个微笑、一句问候、一丁点恻隐之心吗？

不过，无须怀旧。想靠形形色色的义的说教来匡正时弊，拯救世风人心，事实上无济于事。在义、利之外，还有别样的人生态度。在君子、小人之外，还有别样的人格。套孔子的句式，不妨说："至人喻于情。"

义和利，貌似相反，实则相通。"义"要求人献身抽象的社会实体，"利"驱使人投身世俗的物质利益，两者都无视人的心灵生活，遮蔽了人真正的"自我"。"义"教人奉献，"利"诱人占有，前者把人生变成一次义务的履行，后者把人生变成一场权利的争夺，殊不知，人生的真价值是超乎义务和权利之外的。义和利都脱不开计较，所以，无论义师讨伐叛臣，还是利欲支配众生，人与人之间的关系总是紧张的。

如果说"义"代表一种伦理的人生态度，"利"代表一种功利的人生态度，那么，我所说的"情"便代表一种审美的人生态度。

它主张率性而行，适情而止，每个人都保持自己的真性情。你不是你所信奉的教义，也不是你所占有的物品，你之为你仅在于你的真实"自我"。生命的意义不在奉献或占有，而在创造，创造就是人的真性情的积极展开，是人在实现其本质力量时所获得的情感上的满足。创造不同于奉献，奉献只是完成外在的责任，创造却是实现真实的"自我"。至于创造和占有，其差别更是一目了然，譬如写作，占有注重的是作品所带来的名利地位，创造注重的只是创作本身的快乐。有真性情的人，与人相处唯求情感的沟通，与物相触独钟情趣的品位。更为可贵的是，在世人匆忙逐利又为利所逐的时代，接人待物有一种闲适之情。我不是指中国士大夫式的闲情逸致，也不是指小农式的知足保守，而是指一种不为利驱、不为物役的淡泊的生活情怀。仍以写作为例，我想不通，一个人何必要著作等身呢？倘想流芳千古，一首不朽的小诗足矣。倘无此奢求，则只要活得自在即可，写作不过是活得自在的一种方式罢了。

人生总有其不可消除的痛苦，而重情轻利的人所体味到的辛酸悲哀，更为逐利之辈所梦想不到。但是，摆脱了占有欲，至少可以使人免除许多琐屑的烦恼和渺小的痛苦，活得有气度些。我无意以审美之情为救世良策，只是表达了一个信念：在义与利之外，还有一种更值得一过的人生。这个信念将支撑我度过未来吉凶难卜的岁月。

成功的真谛

在通常意义上，成功指一个人凭自己的能力做出了一番成就，并且这成就获得了社会的承认。成功的标志，说穿了，无非是名声、地位和金钱。这个意义上的成功当然也是好东西。世上有人淡泊名利，但没有人会愿意自己彻底穷困潦倒，成为实际生活中的失败者。歌德曾说："勋章和头衔能使人在倾轧中免遭挨打。"据我的体会，一个人即使相当超脱，某种程度的成功也仍然是好事，对于超脱不但无害，反而有所助益。当你在广泛的范围里得到了社会的承认，你就更不必在乎在所隶属的小环境里的遭遇了。众所周知，小环境里往往充满短兵相接的琐屑的利益之争，而你因为你的成功仿佛站在了天地比较开阔的高处，可以俯视，从而以此方式摆脱这类渺小的斗争。

　　但是，这样的俯视毕竟还是站得比较低的，只不过是恃大利而弃小利罢了，仍未摆脱利益的计算。真正站得高的人应该能够站到世间一切成功的上方俯视成功本身。一个人能否做出被社会承认的成就，并不完全取决于才能，起作用的还有环境和机遇等外部因素，有时候这些外部因素甚至起决定性作用。单凭这一点，就有理由不以成败论英雄。

　　我曾经在边远省份的一个小县城生活了将近十年，如果不是大环境发生变化，我也许会在那里"埋没"终生。我常自问，倘真如此，我便比现在的我差许多吗？我不相信。当然，我肯定不会有现在所谓的成就和名声，但只要我精神上足够富有，我就一定会以另一种方式收获自己的果实。成功是一个社会概念，一个直接面对上帝和自己的人是不会太看重它的。

　　我的意思是说，成功不是衡量人生价值的最高标准，比成功更重要的是，一个人要拥有内在的丰富，有自己的真性情和真兴趣，有自己真正喜欢做的事。只要你有自己真正喜欢做的事，你就在任何情况下都会感到充实和踏实。那些仅仅追求外在成功的人实际上是没有自己真正喜欢做的事的，他们真正喜欢的只是名利，一旦在名利场上受挫，内在的空虚就暴露无遗。

照我的理解，把自己真正喜欢做的事做好，尽量做得完美，让自己满意，这才是成功的真谛，如此感到的喜悦才是不掺杂功利考虑的纯粹的成功之喜悦。当一个母亲生育了一个可爱的小生命，一个诗人写出了一首美妙的诗，所感觉到的就是这种纯粹的喜悦。当然，这个意义上的成功已经超越了社会的评价，而人生最珍贵的价值和最美好的享受恰恰就寓于这样的成功之中。

职业和事业

在人生中，职业和事业都是重要的。大抵而论，职业关系到生存，事业关系到生存的意义。在现实生活中，两者的关系十分复杂，从重合到分离、背离以至于根本冲突，种种情形都可能存在。人们常常视职业与事业的一致为幸运，有时候，两者的分离也会是一种自觉的选择，例如斯宾诺莎为了保证以哲学为事业，宁愿以磨镜片为职业。因此，事情最后也许可以归结为一个人有没有真正意义上的事业，如果没有，所谓事业与职业的关系问题就不存在；如果有，这个关系问题也就有了答案。

怎样确定一个职业是否适合自己？我认为应该符合三个条件：第一，有强烈的兴趣，甚至到了不给钱也一定要干的程度；第二，有明晰的意义感，确信自己的生命价值借此得到了实现；第三，能够靠它养活自己。

你做一项工作，只是为了谋生，对它并不喜欢，这项工作就只是你的职业。你做一项工作，只是因为喜欢，并不在乎它能否带来利益，这项工作就是你的事业。

最理想的情形是，事业和职业一致，做喜欢的事并能以之谋生。其次好的是，二者分离，业余做喜欢的事。最糟糕的是，根本没有自己真正喜欢做的事。

我相信，从理论上说，每一个人的禀赋和能力的基本性质是早已确定的，因此，在这个世界上必定有一种最适合他的事业，一个最适合他的领域。当然，在实践中，他能否找到这个领域，从事这种事业，不免会受客观情势的制约。但是，自己应该有一种自觉，尽量缩短寻找的过程。在人生的一定阶段上，一个人必须知道自己是怎样的人，到底想要什么。

人的能力有两个层次。第一个层次是智力的一般品质，即是否养成了智力活动的兴趣和习惯，是否爱动脑子和善动脑子。第二个层次是个体的特殊禀赋，由基因或者说先天的生理、心理特性决定，因而具备在某个特定领域发展的潜在优势。前者好，后者才会显示出来，这是铁的规律，一个智力迟钝的人是永远不可能发现自己有什么特殊禀赋的。首先让自己的一般智力品质发育得好，在此基础上找到最适合自己特殊禀赋的领域，使自己最好的能力得到最好的运用和发展，我称之为事业。

现在许多年轻人对职业不满意，然而，可悲的是，真给了他们选择的自由，他们只有一个标准，除了挣钱多一些、谋生得好一些之外，就不知道要什么了。

事业是精神性追求与社会性劳动的统一，精神性追求是其内涵和灵魂，社会性劳动是其形式和躯壳，二者缺一不可。

所以，一个仅仅为了名利而从政、经商、写书的人，无论他在社会上获得了怎样的成功，都不能说他有事业。

所以，一个不把自己的理想、思考、感悟体现为某种社会价值的人，无论他内心多么真诚，也不能说他有事业。

一个不知对自己的人生负有什么责任的人，甚至无法弄清他在世界上的责任是什么。许多人对责任的关系是完全被动的，他们之所以把一些做法视为自己的责任，不是出于自觉的选择，而是由于习惯、时尚、舆论等。譬如说，有的人把偶然却又长期从事的某一职业当作了自己的责任，从不尝试去拥有真正适合自己本性的事业。有的人看见别人发财和挥霍，便觉得自己也有责任拼命挣钱花钱。有的人十分看重别人尤其是上司对自己的评价，谨小慎微地为这种评价而活着。由于他们不曾认真地想过自己的人生使命究竟是什么，在责任问题上也就必然是盲目的了。

爱情与事业，人生的两大追求，其实质为一，均是自我确认的方式。爱情是通过某一异性的承认来确认自身的价值，事业是通过社会的承认来确认自身的价值。

在人类一切事业中，情感都是原动力，而理智则有时是制动器，有时是执行者。或者说，情感提供原材料，理智则做出取舍，进行加工。世上绝不存在单凭理智就能够成就的事业。

所以，无论哪一领域的天才，都必是具有某种强烈情感的人。区别只在于，由于理智加工程度和方式的不同，对作为原材料的情感，我们从其产品上或者容易认出，或者不容易认出罢了。

人类历史上的一切优秀者，不管是哪一领域的，必是对世界和人生有自己广阔的思考和独特的理解的人。一个人只有小聪明而没有大智慧，却做成了大事业，这样的例子古今中外都不曾有过。

对我来说，人生即事业，除了人生，我别无事业。我的事业就是要穷尽人生的一切可能性。这是一个肯定无望但极有诱惑力的事业。

赚不到钱也干，才是真正干事业，包括——经商！

成功是优秀的副产品

在确定自己的人生目标时，首要的目标应该是优秀，其次才是成功。

所谓优秀，是指一个人的内在品质，即有高尚的人格和真实的才学。一个优秀的人，即使他在名利场上不成功，他仍能有充实的心灵生活，他的人生仍是充满意义的。相反，一个平庸的人，即使他在名利场上风光十足，他也只是在混日子，至多是混得好一些罢了。

事实上，一个人若真正优秀，而时代又不是非常糟，他获得成功的机会还是相当大的。即使生不逢时，或者运气不佳，也多能在身后得到承认。

　　优秀者的成功往往是大成功，远非那些追名逐利之辈的渺小成功可比。人类历史上一切伟大的成功者都出自精神上优秀的人之中，不管在哪个领域，包括创造财富的领域，做成大事业的绝非只有一些小伎俩的精明之人，而必是对世界和人生有广阔思考和深刻领悟的拥有大智慧的人。

　　一个人能否成为优秀的人，基本上是可以自己做主的，能否在社会上获得成功，则在相当程度上要靠运气。所以，应该把成功看作优秀的副产品，不妨在优秀的基础上争取它，得到了最好，得不到也没有什么。在根本的意义上，作为一个人，优秀就已经是成功。

　　人生在世，首先应当追求的是优秀，而非成功。成为一个优秀的人，在此前提下，不妨把成功当作副产品来争取。

　　所谓优秀，是在人性的意义上说的，就是要把人之为人的禀赋发展得尽可能地好，把人性的品质在自己身上实现出来。按照我的理解，可以把这些品质概括为四项，即善良的生命、丰富的心灵、自由的头脑、高贵的灵魂。

　　真正的成功是做人的成功，即做一个有灵魂的人，一个精神上优秀的大写的人。这样的人即使在世俗的意义上不很成功，他的人生也是充满意义的。不过，事实上，人类历史上一切伟大的成功者恰恰出于这样的人之中。

把优秀当作第一目标，而把成功当作优秀的副产品，这是最恰当的态度，有助于一个人获得成功，或者坦然地面对不成功。

也许，在任何时代，从事精神创造的人都面临着这个选择：是追求精神创造本身的成功，还是追求社会功利方面的成功？前者的判官是良知和历史，后者的判官是时尚和权力。在某些幸运的场合，两者会出现一定程度的一致，时尚和权力会向已获得显著成就的精神创造者颁发证书。但是，在多数场合，两者往往偏离甚至背道而驰，因为它们毕竟是性质不同的两件事，需要花费不同的工夫。即使真实的业绩受到足够的重视，决定升迁的也还有观点异同、人缘、自我推销的干劲和技巧等其他因素，而总是有人不愿意在这些方面浪费宝贵的生命。

对真正有才华的人来说，机会是会以各种面目出现的。

灵性 + 耐性 = 成功。

但两者难以兼备，有灵性者往往缺乏耐性，有耐性者往往缺乏灵性，故成功者少。

价值观的力量

价值观的力量不可小看。说到底，人在世上活的就是一个价值观。对个人来说，价值观决定了人生的境界。对国家来说，价值观决定了文明的程度。人与人之间，国与国之间，利益的冲突只导致暂时的争斗，价值观的相悖才形成长久的鸿沟。

所以，在价值观的问题上，一个人必须认真思考，自己做主。

真正可惊异的是，我们时代的价值观竟然变得如此单一，大家说着做着的都是一个字：钱！钱！钱！

哲学就是价值观。柏拉图哲学的核心范畴是"善"（"好"），他笔下的苏格拉底总是在讨论一个问题：什么是好的生活？

按照我的理解，"好"有两个层次：一是快乐，即幸福；二是正当，即道德，二者构成了价值观的两大主题。在中国哲学中，道家侧重讨论前者，儒家侧重讨论后者。

我的价值思考的出发点是：生命和精神是人身上最宝贵的东西，幸福和道德都要据此衡量。我得出的结论是：幸福在于生命的单纯和精神的丰富，道德在于生命的善良和精神的高贵。

一个人拥有自己明确的、坚定的价值观，这是一个基本要求。当然，这需要阅历和思考，并且始终是一个动态的过程。然而，你终究会发现，价值观完全不是抽象的东西，当你从自己所追求和珍惜的价值中获得巨大的幸福感时，你就知道你是对的，因而不会觉得坚持是难事。

老天给了每个人一条命、一颗心，把命照看好，把心安顿好，人生即圆满。

把命照看好，就是要保护生命的单纯，珍惜平凡生活；把心安顿好，就是要积累灵魂的财富，注重内在生活。

平凡生活体现了生命的自然品质，内在生活体现了生命的精神品质，把这两种生活过好，生命的整体品质就是好的。

换句话说，人的使命就是尽好老天赋予的两个主要职责，好好做自然之子，好好做万物之灵。

我一向认为，人最宝贵的东西，一是生命，二是心灵，而若能享受本真的生命，拥有丰富的心灵，便是幸福。这当然必须免去物质之忧，但并非物质越多越好，相反，毋宁说这二者的实现是以物质生活的简单为条件的。一个人把许多精力给了物质，就没有什么闲心来照看自己的生命和心灵了。诗意的生活一定是物质上简单的生活，这在古今中外所有伟大的诗人、哲人、圣人身上都可以得到印证。

人生有两大快乐。一是生命的快乐，例如健康、亲情、与自然的交融，这是生命本身的需要得到满足的快乐。另一是精神的快乐，包括智性、情感和信仰的快乐，这是人的高级属性得到满足的快乐。

物欲是社会刺激出来的，不是生命本身带来的，其满足诚然也是一种快乐，但是，与生命的快乐比，它太浅；与精神的快乐比，它太低。

　　人在世上生活能否有好的心态，在很大程度上取决于价值观。一个价值观正确而且坚定的人，知道人生中什么是重要的，什么是不重要的，对重要的看得准、抓得住，对不重要的看得开、放得下，既积极又超脱，心态自然就好。相反，倘若价值观错误或动摇，大小事都纠结，心态怎么好得了。

　　价值观决定你到底要什么，而要什么一取决于你看重什么，二取决于你擅长什么。我和人打交道的能力比较弱，最怕搞人际关系，最怕去争什么。其实，我也不是那么清高，名利也是一种价值，有当然比没有好。关键是你更看重什么，如果为了名利让我失去我更看重的东西，那我就不会选择名利。一是我更看重自己喜欢的读书写作，二是我的社会活动能力比较弱，所以只好忽视外在功利，更注重内心，结果发现这样更好。

　　只有你自己做了父母，品尝到了养育小生命的天伦之乐，你才会知道不做一回父母是多么大的损失。只有你走进了书籍的宝库，品尝到了与书中优秀灵魂交谈的快乐，你才会知道不读好书是多么大的损失。世上一切真正的好东西都是如此，你必须亲自去品尝，才会知道它们在人生中具有不可替代的价值。

看见那些永远在名利场上操心操劳的人，我常常心生怜悯，我对自己说：他们因为不知道世上还有好得多的东西，所以才会把金钱、权力、名声这些次要的东西看得至高无上。

人的精力是有限的，有所为就必有所不为，而人与人之间的巨大区别就在于所为所不为的不同取向。

爱情和事业是人生幸福的两个关键项。爱着，创造着，这就够了。其余一切只是有了更好、没有亦可的副产品罢了。

我对幸福的看法日趋朴实。在我看来，一个人若能做自己喜欢做的事，并且靠这养活自己，又能和自己喜欢的人在一起，并且使他（她）们也感到快乐，即可称为幸福。

财富的作用取决于人的素质

有一句话说金钱是万恶之源，我认为这句话是错的。金钱本身是手段，它在道德上是中性的，无所谓善恶，对它不能下道德的判断。但是有一个东西是万恶之源，那就是对金钱的一种态度，叫作贪婪。问题出在对金钱的态度上面，可怕的不是钱，是贪欲。

一个人对金钱的态度取决于他的素质，不同的素质决定不同的态度，不同的态度又导致不同的结果。所以，财富最后对于一个人的幸福到底起什么样的作用，起多大的作用，甚至是不是起副作用，归根结底取决于这个人的素质。在精神素质不同的人身上，财富会有不同的后果，既可以促进幸福，也可以导致灾祸。对财富的贪欲把精神素质差的人毁掉，这样的例子比比皆是。

现在官员腐败严重，利用权力拼命敛财，暴露出来的一些事例真让人觉得不可思议。我看过一个报道，内蒙古赤峰市原来的市长，叫徐国元，受贿约 3200 万。他每受贿一笔钱，就在自己家里设的佛堂上供好几天，然后放在盒子里，每个盒子里摆满了钱以后，他在四个角上各放一个小佛像，让佛来保佑他。最后仍感到不安全，他认识云南的一个和尚，就把大部分钱转移到了那个和尚当住持的庙里，可最后还是败露了。弄了这么多不义之财，不敢花，天天提心吊胆过日子，最后进了监牢，你说他到底图的是什么，非常可笑。还有的贪官把钱砌到墙里面，这些钱对他的生活一点意义都没有，带给他的只是恐惧，哪有幸福可言？

让我感到惊讶的不是这些贪官的贪婪，而是他们的愚昧。安全是生命的基本需要，人活着是要有安全感的，这比有多少钱重要。古希腊哲学家伊壁鸠鲁主张人应该追求快乐，但要理智地追求。如果为了追求眼前的快乐而给自己埋下了大得多的痛苦，那就是不理智，就是愚昧。从更深的层面说，贪婪是人生道理上的大愚昧，是想不明白人生的基本道理。人们往往从道德的角度评论这些贪官，说他们道德品质坏、堕落，其实许多贪官在日常生活中未必有多坏，他可能是一个好父亲、好丈夫，可是恰好处在面对巨大诱惑的位置上，没有抵挡住诱惑，就一失足成千古恨了。真正的道德修养不是刻意用一些规范来约束自己，而是人生整体觉悟的表现和结果。内蒙古那个贪官求佛保佑他的赃款，正说明他对佛教没有一丝一毫的认识。佛教把堕落的原因归结为无明，就是不明白，糊涂，没有想明白人生的道理。佛是觉悟的意思，佛教就是要你做一个明白人、有觉悟的人，那样就一定会是一个有道德的人。这实际上是宗教和哲学的共同看法。基督教的《圣经》里说，光明来到人间，不是为了审判人来的，有的人不接受光明，宁愿生活在黑暗中，这本身就是惩罚，不接受光明因而堕落本身就是惩罚。苏格拉底说智慧就是美德，讲的也是类似的道理，把人生的道理想明白了，自然就会是一个有道德的人。想不明白人生的道理，不知道什么东西重要、什么东西不重要，把金钱看得太重要，就会贪婪，就会因为愚昧而堕落。

　　素质差的人被财富毁掉，一种情况是在获取时贪婪，不择手段，触犯刑法，另一种情况是在发了财之后，不知怎么使用财富，因为素质低，没有精神方面的需要，就只能是在物质的奢华上玩花样，在欲望的放纵上找刺激，无非吃喝嫖赌、生活糜烂，只能这样。另外就是传给自己的孩子，这实际上是害自己的孩子，把孩子培养成了纨绔子弟。那些素质低的大款其实挺可怜的，他们内心很空虚，再多的钱也没有让他们感受到人生的幸福。所以我说，财富是对人的精神素质的考验，财富越多，考验就越严峻，大财富要求大智慧。你发了财，意味着人生对你提出了更高的要求，你必须提高自己的素质，让你的素质与你拥有的财富相称。从财富给一个人带来的满足感的层次，可以准确地判断他的精神层次，低层次的人仅仅满足于物质享受，其次是从财富带来的社会地位中得到满足，所谓身价，一种成就感，实质是虚荣心的满足；高层次的人把财富当作实现人生理想和社会理想的手段，获得的是真正精神上的满足。

德国社会学家韦伯说，财富可能会导致贪欲，但并不必然如此，资本主义精神的特点就是把财富的获取和使用分开，获取财富要勤劳，这是光荣的，使用财富要节俭，获取财富不再是为了自己过奢华的生活，而是要造福社会。你靠逃避财富、拒绝财富来保持节俭，来维持一种精神境界，这还是比较容易的，难的是在拥有巨大的财富之后仍然这样，而且不光是自己修行，还用财富来惠及众生。

美国十九世纪的钢铁大王卡内基就是这样一个资本家。我觉得这个人非常了不起，他成为美国民间公益事业的奠基人绝不是偶然的。他父亲是苏格兰一个手工织布的工人，蒸汽机发明后失业了，全家到美国去找出路。当时他十三岁，只上了五年小学，从此失学，在美国当一个小邮差，生活很穷苦。就在那个时期，当地一个退休的上校拿出自己的四百本书，都是文学名著，办了一个小小的图书馆，向这些穷苦的孩子开放。卡内基迷上了读书，平时再苦再累，一想到周末的时候能去借新的书，就觉得自己的生活充满了阳光。后来他在自传中回忆说，他永远感谢上校引他走进了文学宝库，那成了他的人生的转折点，为他一生的追求奠定了基础，这个收获如此巨大，就是用全世界的财富和他交换他也不干。他说，如果没有那个经历，凭他的能力也能发财，但很可能就只是成为一个平庸的财主，享享清福而已。那么，作为一个受过精神洗礼的人，他发了财就完全不一样了。一方面，他发表文章，倡导民间公益事业；另一方面，他身体力行，在事业最兴旺的时候把股票全卖掉了，成立基金会，赞助美国的各项事业，重点是教育。为什么？因为他自己小时候失学，深知失学之苦，也因为他从小爱上了读书，深知求知的幸福。有一年，他对美国教育的赞助超过了联邦政府的拨款，很了不起。

一百多年来，卡内基所奠定的民间公益事业在美国已经成为牢固的传统。你看比尔·盖茨，有数百亿美元的家产。他好多年前就建立了基金会，把当时98%的财产放到基金会里，前些年又宣布退出公司事务，全心全意搞慈善，整年在非洲那一带奔波。他主要赞助全球的医疗事业，尤其是防治艾滋病，他的口号是让下一代生活在没有艾滋病的世界。还有全球前几的富豪巴菲特，股神，他投资的时候很精明啊，但花钱的时候胸怀就很开阔。他太太比他年轻，他本来想自己去世以后，由他太太来做慈善事业，但是他太太先去世了，他就宣布把当时他的四百多亿美元财产中的85%捐给各个基金会，其中83%捐给比尔·盖茨基金会，他自己就不设立基金会了，他说比尔·盖茨干得这么好，用不着他来另起炉灶。

所以，这些人挣钱的时候一个个都是精明的资本家，花钱的时候就成了哲学家、理想主义者。他们做慈善还真不是作秀，是真心实意的，是认真的，因为他们的确想明白了一个道理，就是财富本身不能赋予人生以意义，让财富造福人类才是意义的源泉，从中获得的道德感的满足才是人生的巨大幸福。

小康胜大富

在物质生活上，我抱中庸的态度。我当然不喜欢贫穷，人穷志短，为衣食住行操心是很毁人的。但我也从不梦想大富大贵，内心里真的觉得，还是小康最好。

说这话也许有酸葡萄之嫌，那么我索性做一回狐狸，断言大富大贵这颗葡萄是酸的，不但是酸的，常常还是苦的，有时竟是有毒的。我的证据是许多争吃这颗葡萄的人，日子过得并不快活，并且有一些人确实中毒身亡了。我有一个感觉：暴富很可能是不祥之兆。天下诚然也有祥云笼罩的发家史，不过那除了真本事还必须加上好运气，不是单凭人力可以做到的。大量触目惊心的权钱交易案例业已证明，对于金钱的贪欲会使人不顾一切，甚至不要性命。千万不要以为，这些一失足成千古恨的人是天生的坏人。事实上，他们与我们中间许多人的区别只在于，他们恰好处在一个直接面对巨大诱惑的位置上。任何一个人，倘若渴慕奢华的物质生活而不能自制，一旦面临类似的诱惑，就完全可能走上同样的道路。

我丝毫不反对美国的比尔·盖茨们和中国的李嘉诚们凭借自己的能力，在给人类带来巨大福利的同时，自己也成为富豪。但是，让我们记住，在这个世界上，富豪终究是少数，多数人不论从事的是什么职业，努力的结果充其量也只是小康而已。我知道自己就属于这多数人，并且对此心安理得。

商界的有为之士也并非把金钱当作最终目的，他们有更高的抱负，不过要坚持这抱负可不容易。我有不少从商的朋友，在我看来，他们的生活是过于热闹、繁忙和复杂了。相比之下，我就更加庆幸我能过一种安静、悠闲、简单的生活。他们有时也会对我的生活表示羡慕，开玩笑要和我交换。当然，他们不是真想换，即使真想换，我也不会答应。如果我做着自己喜欢做的事情，既能从中获得身心的愉快，又能保证衣食无忧，那么，即使你出再大的价钱，我也断不肯把这么好的生活卖给你。

　　金钱能带来物质享受，但那算不上最高的物质幸福。最高的物质幸福是什么？我赞成一位先哲的见解：对人类社会来说，是和平；对个人来说，是健康。在一个时刻遭受战争和恐怖主义威胁的世界，经济再发达又有什么用？如果一个人的生命机能被彻底毁坏了，钱再多又有什么用？所以，我在物质上的最高奢望就是，在一个和平的世界，有一个健康的身体，过一种小康的日子。在我看来，如果天下绝大多数人都能过上这种日子，那就是一个非常美好的世界。

谋财害命新解

　　德国有一个作家叫伯尔，是诺贝尔文学奖的获得者，他有一篇很短的小说，讲了这么一个故事。有一个旅游者，西方发达国家的一个旅游者，到了一个偏僻的渔村。他看见一个青年渔夫躺在小渔船上，正晒着太阳打瞌睡。他觉得这个情景很美，就给他照相，咔嚓咔嚓，把渔夫吵醒了。于是他就跟那个渔夫聊天，他说你不应该躺在这儿晒太阳，渔夫问我应该干什么，他说你应该出海打鱼。渔夫就问然后呢，他说然后你就把鱼卖了，得到钱以后，你就可以买更大的渔船，挣更多的钱。然后呢，买一条更大的渔船，说到最后，买一条现代化的最先进的渔船。渔夫问，然后呢，旅游者说，然后你就可以躺在这里晒太阳了。渔夫说：用不着，我现在就可以。

这个小故事讲了一个很深刻的道理：本来你挣钱是为了什么，是为了享受生命，可是我们往往这样，挣着挣着，忘记自己本来的目的是什么了，挣钱本身成了目的，这不是很可笑也很可悲吗？把手段当成目的，一辈子都耗在本来是手段的东西上，在我看来这是价值观的最大迷失。事实上，这种情况比比皆是，许多人一辈子都忙着挣钱和花钱，花钱也不是享受，只是在消费，没有时间欣赏大自然，没有时间和家人共度快乐时光，没有时间读书、听音乐，你只能说这样的人从来没有真正享受过生命。恶人的谋财害命，是谋人之财，害人之命，这终究属于少数。今日多的是另一种谋财害命——谋人世的钱财，害自己的性命。其中又有程度的不同。最显著者是谋不义之财，因此埋下祸种，事未发则在恐惧中度日，事发则坐牢乃至真的搭上了性命。但是，这仍然属于少数。最多的情形是，在无止境的物质追求中，牺牲了生命纯真的享受，败坏了生命纯真的品质。这一种谋财害命，因为它有普遍性和隐蔽性，正是我们最应该警觉的。

有人说："有钱可以买时间。"这话当然不错。但是，如果大前提是"时间就是金钱"，买得的时间又追加为获取更多金钱的资本，则一生劳碌便永无终时。

所以，应当改变大前提：时间不仅是金钱，更是生命，而生命的价值是金钱无法衡量的。

要热爱生命，不要热爱物质，沉湎于物质正说明对生命没有感觉。

物质上的贫民，钱越少，越受金钱的奴役。精神上的贫民，钱越多，越受金钱的奴役。

"知足常乐"是中国的古训，我认为在金钱的问题上，这句话是对的。以挣钱为目的，挣多少算够了，这个界限无法确定。事实上，凡是以挣钱为目的的人，永远不会觉得够了，因为富了还可以更富，一旦走上了这条路，很少有人能够自己停下来。

到处供奉财神爷，供奉福禄寿三神，世上有哪个民族如此公开崇拜金钱，坦然于自己的贪婪？

世界上好像只有中国有财神爷，在信仰问题上，我想象不出还会有什么比这更大的讽刺了。神是最高价值的象征，把金钱供为神，意味着一切神圣价值都可以遭到亵渎。事实上，今天许多人拜佛，拜的也是金钱，佛成了财神爷的替身。个人为财富损害生命，政府为财政破坏自然，都是拜金主义导致的价值颠倒。

　　骄奢是做人的大忌。骄，狂妄自大，是不知道人的渺小，忘记了自己不是神；奢，耽于物欲，是不知道人的伟大，忘记了自己有神性。二者的根源，都是心中没有神。心中有神，则可戒骄奢，第一知人的能力有限，不骄傲，第二知物质欲望的卑下，不奢靡。

不敢善良 —— 第六章

儿童的可贵在于单纯，
因为单纯而不以无知为耻，
因为单纯而又无所忌讳，
这两点正是智慧的重要特征。

何必温馨

不太喜欢温馨这个词。我写文章有时也用它，但尽量少用。不论哪个词，一旦成为一个热门、时髦、流行的词，我就对它厌烦了。

温馨本来是一个书卷气很重的词，如今居然摇身一变，俨然是形容词家族中脱颖而出的一位通俗当红歌星。她到处走穴，频频亮相，泛滥于歌词中、散文中、商品广告中，以至于在日常言谈中，人们也可以脱口而出这个文绉绉的词了，宛如说出一个人所共知的女歌星的名字。

可是，仔细想想，究竟什么是温馨呢？温馨的爱、温馨的家、温馨的时光、温馨的人生究竟是什么样子的？朦朦胧胧，含含糊糊，反正我想不明白。也许，正是词义上的模糊不清增加了这个词的魅力，能够激起说者和听者一些非常美好但也非常空洞的联想。

正是这样：美好，然而空洞。这个词是没有任何实质内容的。温者温暖，馨者馨香。暖洋洋，香喷喷。这样一个词非常适合譬如说一个情窦初开的少女用来描绘自己对爱的憧憬，一个初为人妻的少妇用来描绘自己对家的期许。它基本上是一个属于女中学生词典的词。当举国男女老少都温馨长、温馨短的时候，我不免感到滑稽，诧异国人何以在精神上如此柔弱化，纷纷竟做青春女儿态？

事实上，两性之间真正热烈的爱情未必是温馨的。这里无须举出罗密欧与朱丽叶、奥涅金与达吉亚娜、贾宝玉与林黛玉。每一个经历过热恋的人都不妨自问，真爱是否只有甜蜜，没有苦涩，只有和谐，没有冲突，只有温暖的春天，没有炎夏和寒冬？我不否认爱情中也有温馨的时刻，即两情相悦、心满意足的时刻，这样的时刻自有其价值，可是，倘若把它树为爱情的最高境界，就会扼杀一切深邃的爱情所固有的悲剧性因素，把爱情降为平庸的人间喜剧。

比较起来，温馨对家庭来说倒是一个较为合理的概念。家是一个窝，我们当然希望自己有一个温暖、舒适、安宁、气氛浓郁的窝。不过，我们也该记住，如果爱情要在家庭中继续生长，就仍然会有种种亦悲亦喜的冲突和矛盾。一味地温馨，试图抹去一切不和谐音，结果不是磨灭掉夫妇双方的个性，从而窒息爱情（我始终认为，真正的爱情只能发生在两个富有个性的人之间），就是造成升平的假象，使被掩盖的差异最终演变为不可愈合的裂痕。

至于说以温馨为一种人生理想，就更加小家子气了。人生中有顺境，也有困境和逆境。困境和逆境当然一点也不温馨，却是人生最真实的组成部分，往往促人奋斗，也引人彻悟。我无意赞美形形色色的英雄、圣徒、冒险家和苦行僧，可是，如果否认了苦难的价值，就不复有壮丽的人生了。

写到这里，我忽然悟到了温馨这个词时髦起来的真正原因。我的眼前浮现出许多广告画面，画面上是各种高档的家具、家用电器、室内装饰材料、化妆品等，随之响起同一句画外音："……伴你度过一个温馨的人生。"一点也不错！舒适的环境，安逸的氛围，精美的物质享受，这就是现代人的生活理想，这就是温馨一词确切的现代含义！这个听起来好像颇浪漫的词，其实包含着非常务实的意思，一个正在形成的中产阶层的生活标准，一种讲究实际的人生态度。不要跟我们提罗密欧了吧，爱就要爱得惬意。不要跟我们提哈姆雷特了吧，活就要活得轻松。理想主义的时代已经结束，让我们回归最实在的人生……

　　我丝毫不反对实在的生活情趣。和"突出政治"时代到处膨胀的权力野心相比，这是一个进步。然而，实在的生活有着深刻丰富的内涵，绝非限于舒适、安逸。使我反感的是"温馨"这个流行词所标志的人们精神上的平庸化，在这个"女歌星"唱遍千家万户的温软歌声中，一切人的爱情和人生变得如此雷同，就像当今一切流行歌曲的歌词和曲调如此雷同一样。听着这些流行歌曲，我不禁缅怀起歌剧《卡门》的音乐和它所讴歌的那种惊心动魄的爱情和人生来了。

　　所以，在这种情况下，我要说：

　　爱，未必温馨，又何必温馨？

　　人生，未必温馨，又何必温馨？

不敢善良

　　这些年来，诸如群众袖手旁观歹徒作恶、路遇事故见死不救一类的现象屡见报道，关于国人道德水平急剧下降的叹息亦不绝于耳。一个普遍的印象是，如今是民风浇漓，善良之心式微，好人越来越少了。我自己也常常发此类悲观论调。可是，仔细想想，在我认识的人里，善良的人仍是大多数，而且他们对于现在的社会风气也是很不满意的。推己及人，我相信别人同样会发现自己所认识的人里好人占多数。那么，合在一起，好人怎么就越来越少了呢？

　　一个判断：大多数人仍然是善良的，但是，他们的善良只敢对自己了解的人表现出来，一旦置身于自己不了解的人群中就不敢善良了。

　　我的这个判断是有经验上的根据的。如今，在各个城市的街道上，我们都会经常遇见以种种借口、装出种种可怜相而索求帮助的人，倘若我们心软，几乎百分之百要上当。至于见义勇为者反遭不测的事情，也并不罕见。其中，有歹徒设下苦肉计的圈套诱你上钩的，有被救者或其家属怕惹麻烦而翻脸不认人甚至诬陷恩人的，还有在英勇受伤以后得不到治疗含冤而死的。由此可见，虽然恶人是少数，而且永远是少数，但是由于少数恶人及其恶行未受到有力的遏制和惩罚，大多数善良的人失去了安全感。人们不敢善良，因为人们怕善会招祸，怕善有恶报。当不敢善良成为一种普遍的心态时，表现出来的便是普遍的冷漠。这是真正可怕的，在这种普遍的冷漠中，恶势力就愈加猖獗，善良的人们就愈加失去安全感，形成了恶性循环。

　　毫无疑问，要改变这种情况，最重要的事情还是要根本改善治安状况，为人们提供一个相对安全的生活环境，单靠谴责国人的道德水平肯定是解决不了问题的。不过，既然这里存在着一种恶性循环，为了削弱和制止这种恶性循环，善良的人们也不应消极等待，而是能够有所作为的。我不主张他们丧失对恶势力的警惕，营造一种自欺欺人的安全感，事实上这也办不到。我主张善良的人们记住两点：第一，世上的确有恶人和骗子，我们要小心中了他们的圈套；第二，世上大多数人仍是和我们自己一样的善良的人，我们不能把大多数人都看作恶人和骗子。提醒后面这一点是必要的，因为治安状况的不良使我们常常忽略或忘却了这一点。记住这一点也是重要的，因为这将使我们对社会树立基本的信心，在警惕恶人的同时也注意发现好人，在好人和好人之间表现出更多的善良，由此逐步打破那种普遍的冷漠，重建一种互相关心和帮助的社会氛围。

有爱心的人有福了

在与幸福相关的各种因素中，爱无疑是幸福最重要的源泉之一。然而，什么是爱呢？当我们说到爱的时候，我们往往更多地想到的是被爱。这并不奇怪。因为我们从小就生活在父母的宠爱之下，因而太习惯于被爱了。从小到大，我们渴望得到许多的爱。当我们遇到困难时，我们希望有人伸出援助之手。当我们经受痛苦时，我们希望有人与我们分担。我们希望我们的亲人和朋友常常惦记着我们，有福与我们同享。在恋爱和婚姻中，我们也非常在乎被爱，对于自己在爱人心目中的地位十分敏感。我们自觉不自觉地把自己的幸福系于被他人所爱的程度，一旦在这方面受挫，就觉得自己非常不幸。

的确，对我们的幸福来说，被爱是重要的。如果我们得到的爱太少，我们就会觉得这个世界很冷酷，自己在这个世界上很孤单。然而，与是否被爱相比，有无爱心是更重要的。一个缺少被爱的人是一个孤独的人，一个没有爱心的人则是一个冷漠的人。孤独的人只要具有爱心，他仍会有孤独中的幸福。如雪莱所说，当他的爱心在不理解他的人群中无可寄托时，便会投向花朵、小草、河流和天空，并因此感受到心灵的愉悦。可是，倘若一个人没有爱心，则无论他表面上的生活多么热闹，幸福的源泉都已经枯竭，他那颗冷漠的心是不可能真正快乐的。

　　一个只想被人爱而没有爱人之心的人，其实根本不懂得什么是爱。他真正在乎的也不是被爱，而是占有。爱心是与占有欲相反的东西。爱本质上是一种给予，而爱的幸福就在这给予之中。许多贤哲都指出，给予比得到更幸福。一个明显的证据是亲子之爱，有爱心的父母在照料和抚育孩子的过程中便感受到了极大的满足。在爱情中，也是当你体会到你给你所爱的人带来了幸福之时，你自己才最感到幸福。爱的给予既不是谦卑的奉献，也不是傲慢的施舍，它是出于内在的、丰盈的、自然而然的流溢，因而是超越于道德和功利的考虑的。尼采说得好："凡出于爱心所为，皆与善恶无关。"爱心如同光源，爱者的幸福就在于光照万物。爱心又如同甘泉，爱者的幸福就在于泽被大地。丰盈的爱心使人像神一样博大，所以，《圣经》里说："神就是爱。"

　　对个人来说，最可悲的事情不是在被爱方面受挫，例如失恋、朋友反目等，而是爱心的丧失，从而失去了感受和创造幸福的能力。对一个社会来说，爱心的普遍丧失是可怕的，它的确会使世界变得冷如冰窟，荒凉如沙漠。在这样的环境中，善良的人们不免寒心，但我希望他们不要因此也趋于冷漠，而是要在学会保护自己的同时，仍葆有一颗爱心。应该相信，世上善良的人总是多数，爱心必能唤起爱心。不论个人还是社会，只要爱心犹存，就有希望。

善良是第一品德

　　善良是最基本的道德品质，是区分好人和坏人最初的也是最后的界限。

　　西方哲学家认为，利己是人的本能，对之不应做出道德的判断，只可因势利导。同时，人还有另一种本能，即同情。同情是以利己的本能为基础的，由之出发，推己及人，设身处地替别人想，就是同情了。

　　利己和同情两者都不可或缺。没有利己，对自己的生命麻木，便如同石头，对别人的生命必冷漠。只知利己，不能推己及人，没有同情，便如同禽兽，对别人的生命必冷酷。

　　利己是生命的第一本能，同情是生命的第二本能，后者由前者派生。所谓同情，就是推己及人，知道别人也是一个有利己本能的生命，因而不可损人。法治社会的秩序即建立在利己与同情的兼顾之上，其实质通俗地说就是保护利己、惩罚损人，亦即规则下的自由。在一个社会中，如果利己的行为都得到保护，损人的行为都受到惩罚，这样的社会就一定是一个既有活力又有秩序的社会。

不分国家和民族，人皆是生命，人性中皆有爱生命的本能以及推己及人对他人生命的同情，区别在于能否使这个基本人性在社会制度中体现出来并得到保护和发扬。西方的历史表明，现代文明社会的整座大厦就是建立在这个基本人性的基础上的。正如亚当·斯密所指出的，同情是社会一切道德的基础，在此基础上形成了正义和仁慈这两种基本的道德。同样，尊重个体生命是法治社会的出发点，法治的目的就是要建立一种最大限度地保护每个人生命权利的秩序。

在一个普遍对生命冷漠的环境中，人是不可能有安全感的，无人能保证似乎偶然的灾祸不会落到自己头上。

人如果没有同情心，就远不如禽兽，比禽兽坏无数倍。猛兽的残暴仅限于本能，绝不会超出生存所需要的程度。人残酷起来却没有边，完全和生存无关，为了龌龊的利益，为了畸形的欲望，为了变态的心理，什么坏事都干得出来。只有在人类中，才会产生千奇百怪的酷刑，产生法西斯和恐怖主义。

人心有两种成分，一是利己心，二是同情心，二者都是人的本性。人在年轻时欲望强，容易把自己的利益和成功看得最重要，名利欲望的满足往往是快乐的主要源泉。随着年龄增长，同情心应该逐渐占据上风，更多地从惠及他人的善行中汲取快乐。

震灾中生命所遭受的毁灭和创伤，在我们身上唤醒的最可贵的东西是什么？首先是真实的人性，是人性中的善良，是对一个个活生生的个体生命的同情和尊重。这岂不是人之为人最基本的品质吗？岂不是人与人得以结合成人类、社会、民族、国家最基本的因素吗？与爱国主义相比，在人性层次上，它是更深刻的东西，在文明层次上，它又是更高级的东西。就说爱国主义吧，一个人如果不是一个善良的人，他会是一个好人吗？如果一个国家的成员普遍缺乏对生命的同情和尊重，这会是一个好国家吗？它还值得我们爱吗？

善良来自对生命的感动。看一个人是否善良，我有一个识别标准，就是看他是否喜欢孩子。一个对小生命冷漠的人，在人性上一定是有问题的。相反，如果一个人看见孩子是情不自禁地喜欢的，即使他有别的种种毛病，我仍相信这个人还是有希望的。

善待动物，至少不虐待动物，这不仅是对地球上其他生命的尊重，也是人类自身精神上、道德上纯洁化的需要。可以断定，一个虐待动物的民族，一定也不会尊重人的生命。人的生命感一旦麻木，心肠一旦变冷酷，同类岂在话下。

一个对同类真正有同情心的人，把同情心延伸到动物身上，实在是最自然的事情。同样，那些肆意虐待和残害动物的家伙，我们可以断定他们对同类也一定是冷酷的。因此，是否善待动物，所涉及的就不只是动物的命运，其结果也会体现在人身上，对道德发生重大影响。在这个意义上，保护动物就是保护人道，救赎动物就是人类的精神自救。

善良的人有宽容之心，既容人之短，能原谅，又容人之长，不嫉妒。在我看来，容人之优秀是更难的，对于一个开放社会也是更重要的。

与人为善不只表现为物质上的施惠，你对他人的诚恳态度，包括懂得感恩，肯于认错，都证明了你的善良。

真·善·美

　　真、善、美是人类古老而常新的精神价值。人类所追求的一切美好的境界，所使用的一切美好的词汇，几乎都可以归结到这三个词上。正因为如此，这三个抽象而美丽的词便可容纳种种不同的理解。事实上，对于什么是真、什么是善、什么是美，人们一直各抒己见，争论不休，不曾也永远不可能达成一致的看法。不过，这并不妨碍我们仍用这三个词来代表那些值得我们追求的精神价值。

　　把精神价值概括为真、善、美三种形态，的确很有道理。柏拉图把人的心灵划分为三个部分，即理智、意志和情感，而真、善、美便是与这三个部分相对应的精神价值。其中，真是理智的对象，体现为科学活动；善是意志的对象，体现为道德活动；美是情感的对象，体现为艺术活动。当然，我们应当记住，正像人的心灵本是一个整体，理智、意志、情感只是相对的划分一样，真、善、美三者也是不能截然分开的，它们之间有着极为紧密的联系。

"真"即真理、真实、事物的真相。大多数哲学家都认为，理性是人区别于动物的根本特征，因此，运用理性能力去认识真理是人的优秀和尊严之所在。对于什么是真理，人在多大程度上能够认识真理，哲学家们有不同的看法。不过，有一点好像是比较一致的，就是他们都提倡一种热爱真理的精神。所谓热爱真理，首先是指对于任何道理都要独立思考，寻问和考查它的根据，决不盲从。所以，真正热爱真理的人必定是具有怀疑精神的，对真理的热忱追求往往表现为对传统观念和流行意见的怀疑乃至反抗。其次，一旦发现了真理，就要敢于坚持。亚里士多德对他的老师柏拉图的理论做了重大修正和批判，在谈到这一点时，他说了一句名言："我爱我的老师，但我更爱真理。"爱真理甚于爱一切，这是思想家必备的品质。在人类历史上，新发现的真理一开始总是被视为异端，遭到统治者乃至全社会的反对和迫害，因而坚持真理必须具有非凡的勇气和牺牲精神。在包括自然科学和社会意识形态在内的人类各个思想领域中，多少革新者为了坚持他们心目中的真理而历尽苦难，甚至献出了生命。他们所发现的真理也许又会被后人推翻，但他们热爱真理的精神是值得世世代代永远尊敬的。

"善"有两层意思。一是指个人的善，即个人道德上、人格上、精神上的提高和完善。另一是指社会的善，即社会的进步和公正。两方面都牵涉到理想和价值标准的问题。"善"的个人是好人，"善"的社会是好社会，可是好人和好社会应该是什么样子的呢？对个人来说，理想的人性模式是怎样的，怎样度过一生才最有意义？对社会来说，如何判断一个社会是否公正，社会进步的目标究竟是什么？这些问题并无现成的一成不变的答案，需要每个人和每一代人进行独立的探索。我们只能确定一点，就是无论个人还是社会都要有理想，并且为实现理想而努力。没有理想，个人便是堕落的个人，社会便是腐败的社会。

对"美"的理解分歧就更大了。这里我不想去探讨美学上的各种理论，只想表明我的这一看法：尽管美感的发生有赖于感官，例如我们要靠眼睛感受形象的美，要靠耳朵感受音乐的美，但是，如果感官的任何感受未能使心灵愉悦，我们就不会觉得美。所以，美感本质上不是感官的快乐，而是一种精神性的愉悦。正因为如此，美能陶冶性情，净化心灵。一个爱美的人，在精神生活上往往会有较高的追求和品位。

　　由此可见，真、善、美的确是不可分的。理智上求真，意志上向善，情感上爱美，三者原是一体，属于同一颗高贵心灵的追求，是从不同角度来描述同一种高尚的精神生活。

智慧和童心

我们可以从书本和课堂上学到知识，可是，无论谁都无法向我们传授智慧。智慧是一种整体的东西，不可能把它分解成若干定理，一条一条地讲解和掌握。不过，智慧也不是什么高不可攀的东西。其实，人人都有慧根，我们所要做的只是保护和发展它，不让它枯萎罢了。

说起来你们也许不信，一般来说，孩子往往比大人更有智慧。真的，孩子都有些苏格拉底式的气质呢！他们感觉到自己处在一个新鲜的未知的世界之中，因而对一切都充满着好奇，从来不强不知为知。可惜的是，孩子时期这种天然的慧心是很容易丧失的。等到长大了，有了一技之长，掌握了某一方面的知识，人就容易被成见所囿并且自以为是，仿佛世界上再也没有什么新鲜事了。实际上，许多大人只是麻木得不再能够憧憬世界的无限和发现世界的新奇而已。

　　有时候，我们也把从整体上洞察和把握事物真相的直觉看作智慧的一种表现。在这方面，孩子同样比大人有优势。你们一定听过安徒生讲的皇帝的新衣的故事。两个骗子给皇帝做新衣，他们说，这件衣服是用最美丽的布料做的，不过只有聪明人能看见，蠢人却看不见。事实上，他们什么布料也没有用，只是假装在缝制罢了。皇帝穿着这件所谓的新衣游行，其实他光着身子，什么也没有穿。然而，皇帝本人、前呼后拥的大臣们、围观的老百姓，因为害怕别人说自己愚蠢，都使劲地赞美这件新衣多么美丽。最后，有一个人喊了起来："可是他什么也没有穿呀！"谁喊的？正是一个孩子。所有的大人明明看见皇帝光着身子，但他们都这么想：第一，既然别人都在赞美这件新衣，就说明皇帝确实穿着一件美丽的新衣，只是我看不见罢了。第二，我看不见说明我比别人蠢，千万不能让别人知道了笑话我，我一定要跟着别人一起赞美。他们都宁肯相信多数人的意见，也不愿相信自己亲眼所见的事实。孩子却不同，他没有虚荣心的顾忌，也不盲从别人的意见，一眼就看到了真相。

儿童的可贵在于单纯，因为单纯而不以无知为耻，因为单纯而又无所忌讳，这两点正是智慧的重要特征。相反，偏见和利欲是智慧的大敌。偏见使人满足于一知半解，在自满自足中过日子，看不到自己的无知；利欲使人顾虑重重，盲从社会上流行的意见，看不到事物的真相。这正是许多大人的可悲之处。不过，一个人如果能保持住一颗童心，同时善于思考，就能避免这种可悲的结局，在成长过程中把单纯的慧心转变为一种成熟的智慧。由此可见，智慧与童心有着密切的联系，它实际上是一种达于成熟因而不会轻易失去的童心。《圣经》里说："你们若不回转，变成小孩子的样式，断不得进天国。"帕斯卡说："智慧把我们带回到童年。"孟子也说："大人者，不失其赤子之心者也。"说的都是这个意思。那么，我衷心祝愿你们在逐渐成熟的同时不要失去童心，从而能够以智慧的方式度过变幻莫测的人生。

美的享受

创世的第一日，上帝首先创造的是光。"神说，要有光，就有了光。神看光是好的，就把光暗分开了。"你看，在上帝眼里，光是好的而不是有用的，他创造世界根据的是趣味而不是功利。这对于审美的世界观是何等有力的一个譬喻。

每个人都睁着眼睛，但不等于每个人都在看世界。许多人几乎不用自己的眼睛看，他们只听别人说，他们看到的世界永远是别人说的样子。人们在人云亦云中视而不见，世界就成了一个雷同的模式。一个人真正用自己的眼睛看，就会看见那些不能用模式概括的东西，看见一个与众不同的世界。

人活在世上，真正有意义的事情是看。看使人区别于动物。

动物只是吃喝，它们不看与维持生存无关的事物。动物只是交配，它们不看爱侣眼中的火花和脸上的涟漪。人不但看世间万物和人间百相，而且看这一切背后的意蕴，于是有了艺术、哲学和宗教。

在孩子眼里，世界充满着谜语。可是，成人常常用千篇一律的谜底杀死了许多美丽的谜语。这个世界被孩子好奇的眼光照耀得色彩绚丽，却在成人洞察一切的眼睛注视下苍白失色了。

"诗意地理解生活"，这是我们从童年和少年时代得到的最可贵的礼物，可惜的是多数人丢失了这件礼物。这也许是不可避免的，匆忙的现实生活迫使我们把事物简单化、图式化，无暇感受种种细微差别。概念取代了感觉，我们很少看、听和体验。唯有少数人没有失去童年的清新直觉和少年的微妙心态，这少数人就成了艺术家。

看并且惊喜，这就是艺术，一切艺术都存在于感觉和心情的这种直接性中。不过，艺术并不因此而易逝，相反，当艺术家为我们提供一种新的看、新的感觉时，同时也就为我们开启了一个新的却又永存的世界。

也许新鲜感大多凭借遗忘。一个人如果把自己的所有感觉都琢磨透并且牢记在心，不久之后他就会发现世上没有新鲜东西了。

艺术家是最健忘的人，他眼中的世界永远新鲜。

美是主观的还是客观的？看见了美的人不会去争论这种愚蠢的问题。在精神的国度里，一切发现同时都是创造，一切收获同时都是奉献。那些从百花中采蜜的蜂儿，它们同时也向世界贡献了蜜。

艺术是一朵不结果实的花，正因为不结果实更显出它的美来，它是以美为目的本身的自为的美。

当心中强烈的情感无法排遣时，艺术就诞生了。

诗是找回那看世界的第一瞥。诗解除了因熟视无睹而产生的惰性，使平凡的事物回复到它新奇的初生状态。

每当我在灯下清点我的诗的积蓄时，我的心是多么平静，平静得不像诗人。

我是我的感觉的守财奴。

世上本无奇迹，但世界并不因此而失去魅力。我甚至相信，人最接近上帝的时刻不是在上帝向人显示奇迹的时候，而是在人认识到世上并无奇迹仍然对世界的美丽感到惊奇的时候。

花的蓓蕾，树的新芽，壁上摇曳的光影，手的轻柔的触摸……它们会使人的感官达于敏锐的极致，似乎包含着无穷的意味。

相反，繁花锦簇，光天化日，热烈拥抱，真可谓信息爆炸，但感官麻痹了，意味丧失了。

"奈此良夜何！"——不但良夜，一切太美的事物都会使人感到无奈：这么美，叫人如何是好！

活出真性情

第七章

我的人生观若要用一句话概括，就是真性情。
我从来不把成功看作人生的主要目标，
觉得只有活出真性情才是没有虚度人生。

内在生活

人同时生活在外部世界和内心世界中。内心世界也是一个真实的世界。或者，反过来说也一样：外部世界也是一个虚幻的世界。

对于内心世界不同的人，表面相同的经历具有完全不同的意义，事实上也就完全不是相同的经历了。

一个经常在阅读和沉思中与古今哲人文豪倾心交谈的人，和一个沉湎于歌厅、肥皂剧以及庸俗小报中的人，他们生活在多么不同的世界上。

说到底，在这世界上，谁的经历不是平凡而又平凡？心灵历程的悬殊才在人与人之间挖开了鸿沟。

　　人生的道路分内外两个方面。外在方面是一个人的外部经历，它是有形的，可以简化为一张履历表，标示出曾经的职业、地位、荣誉等。内在方面是一个人的心路历程，它是无形的，生命的感悟、情感的体验、理想的追求，这些都是履历表反映不了的。

　　我的看法是，尽管如此，内在方面比外在方面重要得多，它是一个人人生道路的本质部分。我还认为，外在方面往往由命运、时代、环境、机遇决定，自己没有多少选择的主动权，在尽力而为之后，不妨顺其自然，而应该把主要努力投注于自己可以支配的内在方面。

　　外在遭遇受制于外在因素，非自己所能支配，所以不应成为人生的主要目标。真正能支配的唯有对一切外在遭际的态度。内在生活充实的人仿佛有另一个更高的自我，能与身外遭遇保持距离，对变故和挫折持适当态度，心境不受尘世祸福沉浮的扰乱。

　　人与人之间最重要的区别不在物质上的贫富、社会方面的境遇，是内在的精神素质把人分出了伟大和渺小、优秀和平庸。

　　阅读是与历史上的伟大灵魂交谈，借此把人类创造的精神财富"占为己有"；写作是与自己的灵魂交谈，借此把外在的生命经历转变成内在的心灵财富；信仰是与心中的上帝交谈，借此积聚"天上的财富"。这是人生不可缺少的三种交谈，而这三种交谈都是在独处中进行的。

茫茫人海里，你遇见了这些人而不是那些人，这决定了你在人世间的命运。你的爱和恨、喜和悲、顺遂和挫折，这一切都是因为相遇。

但是，请记住，在相遇中，你不是被动的，你始终可以拥有一种态度。相遇组成了你的外部经历，对相遇的态度组成了你的内心经历。

还请记住，除现实中的相遇之外，还有一种超越时空的相遇，即在阅读和思考中与伟大灵魂的相遇。这种相遇使你得以摆脱尘世命运的束缚，生活在一个更广阔、更崇高的世界里。

内在的从容

光阴似箭，然而只是对于忙人才如此。日程表排得满满的，永远有做不完的事，这时便会觉得时间以逼人之势驱赶着自己，几乎没有喘息的工夫。

相反，倘若并不觉得有非做不可的事情，心静如止水，光阴也就停住了。永恒是一种从容的心境。

在现代社会里生活，忙也许是常态。但是，常态之常，指的是经常，而非正常。倘若被常态禁锢，把经常误认作正常，心就会在忙中沉沦和迷失。警觉到常态未必正常，在忙中保持心的从容，这是一种觉悟，也是一种幸福。

对于忙，我始终有一种警惕。我确立了两个界限，第一要忙得愉快，只为自己真正喜欢的事忙；第二要忙得有分寸，做多么喜欢的事也不让自己忙昏了头。其实，正是做自己喜欢的事时，更应该从容，心灵是清晰而活泼的，才会把事情做好，也才能享受做事的快乐。

从容中有一种神性。在从容的心境中，我们得以领悟上帝的作品，并以之为榜样来创作人类的作品。没有从容的心境，我们的一切忙碌就只是劳作，不复有创造；一切知识的追求就只是学术，不复有智慧；一切成绩就只是功利，不复有心灵的满足；甚至一切宗教活动也只成了世俗的事务，不复有真正的信仰。没有从容的心境，无论建立起多么辉煌的物质文明，我们过的仍是野蛮的生活。

在现代商业社会中，人们活得愈来愈匆忙，哪里有工夫去注意草木发芽、树叶飘落这种小事，哪里有闲心用眼睛看、用耳朵听、用心灵感受。时间就是金钱，生活被简化为尽快地赚钱和花钱。沉思未免奢侈，回味往事简直是浪费。一个古怪的矛盾：生活节奏加快了，然而没有生活。天天争分夺秒，岁岁年华虚度，到头来发现一辈子真短。怎么会不短呢？没有值得回忆的往事，一眼就望到了头。

有钱又有闲当然幸运，倘不能，退而求其次，我宁做有闲的穷人，不做有钱的忙人。我爱闲适胜于爱金钱。金钱终究是身外之物，闲适使我感到自己是生命的主人。

春华秋实，万物都遵循自然的节奏，我们的祖先也是如此。但是，现代人却相反，总是急急忙忙怕耽误了什么，总是遗憾有许多事情来不及做。

其实，即使你从事的是精神的创造，尤其你从事的是精神的创造，不妨也悠然而行，让精神的果实依照自然的节奏成熟。事实上，一切伟大作品的诞生，都一定有这样一个孕育的过程。做一个心满意足的好"孕妇"，是精神创造者的最佳状态。

分秒必争，时间就是金钱；醉生梦死，今朝有酒今朝醉；纠缠于眼前的凡人琐事，热衷于网上的八卦新闻……这些似乎都是活在"当下"。然而，这个"当下"只是时间的碎片，活在这个"当下"的也只是"自我"的假象。

真正的活在"当下"，恰恰是要摆脱功利、欲望、纷争、信息的干扰，回归生命的单纯，获得内在的宁静。这样，每一个"当下"都是生命本真状态的显现，因而即永恒，而"自我"也因为与存在的整体连通而有了实质。

天地悠悠，生命短促，一个人一生的确做不成多少事。明白了这一点，就可以善待自己，不必活得那么紧张、匆忙了。但是，也正因为明白了这一点，就可以不抱野心，只为自己高兴而好好做成几件事了。

世上事大抵如此，永远未完成，而在未完成中，生活便正常地进行着。所谓不了了之，不了就是了之，未完成是生活的常态。

生而为人，忙于人类的事务本无可非议，重要的是保持心的从容。

一天是很短的。早晨的计划，到晚上才发现只完成很小一部分。一生也是很短的。年轻时的心愿，年老时才发现只实现很小一部分。

今天的计划没完成，还有明天。今生的心愿没实现，却不再有来世了。所以，不妨榨取每一天，但不要苛求绝无增援力量的一生。要记住：人一生能做的事情不多，无论做成几件，都是应该满意的。

"不要为明天忧虑，因为明天自有明天的忧虑。一天的难处一天当就够了。"耶稣有一些很聪明的教导，这是其中之一。

　　中国人喜欢说：人无远虑，必有近忧。这当然也对。不过，远虑是无穷尽的，必须适可而止。有一些远虑，可以预见也可以预作筹划，不妨就预作筹划，以解除近忧。有一些远虑，可以预见却无法预作筹划，那就暂且搁下吧，车到山前自有路，何必让它提前成为近忧。还有一些远虑，完全不能预见，那就更不必总是怀着一种莫名之忧，自己折磨自己了。总之，应该尽量少往自己的心里搁忧虑，保持轻松和光明的心境。

　　一天的难处一天担当，这样你不但比较轻松，而且比较容易把这难处解决。如果你把今天、明天以及后来许多天的难处都担在肩上，你不但沉重，而且可能连一个难处也解决不了。

丰富的安静

我发现，世界越来越喧闹，而我的日子越来越安静了。我喜欢过安静的日子。

当然，安静不是静止，不是封闭，如井中的死水。曾经有一个时代，广大的世界对于我们只是一个无法证实的传说，我们每个人都被锁定在一个狭小的角落里，如同螺丝钉被拧在一个不变的位置上。那时候，我刚离开学校，被分配到一个边远山区，生活平静而又单调。日子仿佛停止了，不像是一条河，更像是一口井。

后来，时代突然改变，人们的日子如同解冻的江河，又在阳光下的大地上纵横交错了。我也像是一条积压了太多能量的河，生命的浪潮在我的河床里奔腾起伏，把我的成年岁月变成了一道动荡不宁的急流。

　　而现在，我又重归平静了。不过，这是跌宕之后的平静。在经历了许多冲撞和曲折之后，我的生命之河仿佛终于来到一处开阔的谷地，汇合成了一片浩渺的湖泊。我曾经流连于阿尔卑斯山麓的湖畔，看雪山、白云和森林的倒影伸展在蔚蓝的神秘之中。我知道，湖中的水仍在流转，是湖的深邃才使得湖面寂静如镜。

　　我的日子真的很安静。每天，我在家里读书和写作，外面各种热闹的圈子和聚会都和我无关。我和妻子、女儿一起品尝着普通的人间亲情，外面各种寻欢作乐的场所和玩意儿也都和我无关。我对这样过日子很满意，因为我的心境也是安静的。

　　也许，每个人在生命中的某个阶段是需要某种热闹的。那时候，饱涨的生命力需要向外奔突，去为自己寻找一条河道，确定一个流向。但是，一个人不能永远停留在这个阶段。托尔斯泰如此自述："随着年岁增长，我的生命越来越精神化了。"人们或许会把这解释为衰老的征兆，但是，我清楚地知道，即使在老年时，托尔斯泰也比所有的同龄人，甚至比许多年轻人更有生命力。毋宁说，唯有强大的生命才能逐步朝精神化的方向发展。

现在我觉得，人生最好的境界是丰富的安静。安静，是因为摆脱了外界虚名浮利的诱惑；丰富，是因为拥有了内在精神世界的宝藏。泰戈尔曾说："外在世界的运动无穷无尽，证明了其中没有我们可以达到的目标，目标只能在别处，即在精神的内在世界里。""在那里，我们最为深切地渴望的，是在成就之上的安宁。在那里，我们遇见我们的上帝。"他接着说明，"上帝就是灵魂里永远在休息的情爱。"他所说的情爱应是广义的，指创造的成就、精神的富有、博大的爱心，而这一切都超脱于俗世的争斗，处在永久和平之中。这种境界，正是丰富的安静之极致。

我并不完全排斥热闹，热闹也可以是有内容的。但是，热闹总归是外部活动的特征，而任何外部活动倘若没有一种精神追求作为其动力，没有一种精神价值作为其目标，那么，不管表面上多么轰轰烈烈、有声有色，本质上它必定是贫乏的、空虚的。我对一切太喧嚣的事业和一切太张扬的感情都心存怀疑，它们总是使我想起莎士比亚对生命的嘲讽："充满了声音和狂热，里面空无一物。"

安静的位置

对于各种热闹，诸如记者采访、电视亮相、大学讲座之类，我始终不能习惯，总是尽量推辞。有时盛情难却答应了，结果多半是后悔。人各有志，我不反对别人追求和享受所谓文化的社会效应，只是觉得这种热闹与我的天性太不合。我的性格决定我不能做一个公众人物。做公众人物一要自信，相信自己真是一个人物；二要有表演欲，一到台上就来情绪。我偏偏既自卑又怯场，面对摄像机和麦克风没有一次不感到是在受难。因此我想，万事不可勉强，就让我顺应天性过我的安静日子吧。如果确实有人喜欢我的书，他们喜欢的也一定不是这种表面的热闹，就让我们的心灵在各自的安静中相遇吧。

世上从来不缺少热闹，因为一旦缺少，便必定会有不甘心的人去把它制造出来。不过，大约只是到了今日的商业时代，文化似乎才必须成为一种热闹，不热闹就不成其为文化。譬如说，从前，一个人不爱读书就老老实实不读，如果爱读，必是自己来选择要读的书籍，在选择中贯彻了他的个性乃至怪癖。现在，媒体担起了指导公众读书的职责，畅销书推出一轮又一轮，书目不断在变，不变的是全国热心读者同一时期仿佛全在读相同的书。与此相映成趣的是，这些年来，学界总有一两个当红的热门话题，话题不断在变，不变的是不同学科的学者同一时期仿佛全在研究相同的课题。我不怀疑仍有认真的研究者，但更多的只是凭着新闻记者式的嗅觉和喉咙，以代替学者的眼光和头脑，正是他们的起哄把任何学术问题都变成了热门话题，亦即变成了过眼云烟的新闻。

在这个热闹的世界上，我常自问：我的位置究竟在哪里？我不属于任何主流的、非主流的和反主流的圈子。我也不是现在有些人很喜欢标榜的所谓另类，因为这个名称也太热闹，使我想起了集市上的叫卖声。那么，我根本不属于这个热闹的世界吗？可是，我绝不是一个出世者。对此我只能这样解释：不管世界多么热闹，热闹永远只占据世界的一小部分，热闹之外的世界无边无际，那里有着我的位置，一个安静的位置。这就好像在海边，有人弄潮，有人戏水，有人拾贝壳，有人聚在一起高谈阔论，而我不妨找一个安静的角落独自坐着。是的，一个角落——在无边无际的大海边，哪里找不到这样一个角落呢——但我看到的是整个大海，也许比那些热闹地聚玩的人看得更加完整。

在一个安静的位置上，去看世界的热闹，去看热闹背后的无限广袤的世界，这也许是最适合我的性情的一种活法吧。

生活的减法

　　南极之行，从北京出发我乘的是法航，可以托运六十公斤行李。谁知到了圣地亚哥，改乘智利国内航班，只准托运二十公斤了。于是，我只好把带的两只箱子精简掉一只，所剩的物品就很少了。到住处后，把这些物品摆开，几乎看不见，好像住在一间空屋子里。可是，这么多天下来，我并没有感到缺少了什么。回想在北京的家里，比这大得多的屋子总是满满的，每一样东西好像都是必需的，但我现在竟想不起那些必需的东西是什么了。于是我想，许多好像必需的东西其实是可有可无的。

　　在北京的时候，我天天都很忙碌，手头总有做不完的事。直到这次出发前夕，我仍然分秒必争地做着我认为十分紧迫的事中的一件。可是，一旦踏上旅途，再紧迫的事也只好搁下了。现在，我已经把所有似乎必须限期完成的事搁下好些天了，但并没有发现造成了什么后果。于是我想，许多好像必须做的事其实是可做可不做的。

许多东西，我们之所以觉得必需，只是因为我们已经拥有它们。当我们清理自己的居室时，我们会觉得每一样东西都有用处，都舍不得扔掉。可是，倘若我们必须搬到一个小屋去住，只允许保留很少的东西，我们就会判断出什么东西是自己真正需要的了。那么，我们即使有一座大房子，又何妨用只有一间小屋的标准来限定必需的物品，从而为美化居室留出更多的自由空间？

许多事情，我们之所以认为必须做，只是因为我们已经把它们列入了日程。如果让我们凭空从其中删除某一些，我们会难做取舍。可是，倘若我们知道自己已经来日不多，只能做成一件事情，我们就会判断出什么事情是自己真正想做的了。那么，我们即使还能活很久，又何妨用来日不多的标准来限定必做的事情，从而为享受生活留出更多的自由时间？

心灵的空间

　　我读到泰戈尔的一段话，把它归纳和改写如下：未被占据的空间和未被占据的时间具有最高的价值。一个富翁的富并不表现在他堆满货物的仓库和一本万利的经营上，而是表现在他能够买下广大空间来布置庭院和花园，能够给自己留下大量时间来休闲。同样，心灵中拥有开阔的空间也是最重要的，如此才会有思想的自由。

　　接着，泰戈尔举例说，穷人和悲惨的人的心灵空间完全被日常生活的忧虑和身体的痛苦占据了，所以不可能有思想的自由。我想补充指出的是，除此之外，还有另一类例证，就是忙人。

　　凡心灵空间被占据的，往往是出于逼迫。如果说穷人和悲惨的人是受了贫穷和苦难的逼迫，那么，忙人则是受了名利和责任的逼迫。名利也是一种贫穷，欲壑难填的痛苦同样具有匮乏的特征，而名利场上的角逐同样充满生存斗争式的焦虑。至于责任，可分三种情形：一是出自内心的需要，另当别论；二是为了名利而承担的，可以归结为名利；三是既非内心自觉，又非贪图名利，完全是职务或客观情势所强加的，那就与苦难相差无几了。所以，一个忙人很可能是一个心灵上的穷人和悲惨的人。

这里我还要说一说那种出自内在责任的忙碌，因为我常常认为我的忙碌属于这一种。一个人真正喜欢一种事业，身心完全被这种事业占据了，能不能说他也没有了心灵的自由空间呢？这首先要看在从事这种事业的时候，他是否真正感觉到了创造的快乐。譬如说写作，写作诚然是一种艰苦的劳动，但必定伴随着创造的快乐，如果没有，就有理由怀疑它是否蜕变成了一种强迫性的事务，乃至一种功利性的劳作。当一个人以写作为职业的时候，这样的蜕变是很容易发生的。心灵的自由空间是一个快乐的领域，其中包括创造的快乐、阅读的快乐、欣赏大自然和艺术的快乐、情感体验的快乐、无所事事地闲适和遐想的快乐，等等。所有这些快乐都不是孤立的，而是共生互通的。所以，如果一个人永远只是埋头写作，不再有工夫和心思享受别的快乐，他的创造的快乐和心灵的自由也是大可怀疑的。

　　我的这番思考是对我自己的一个警告，同时也是对所有自愿的忙人的一个提醒。我想说的是，无论你多么热爱自己的事业，无论你的事业是什么，你都要为自己保留一个开阔的心灵空间，一种内在的从容和悠闲。唯有在这个心灵空间中，你才能把你的事业作为你的生命果实来品尝。如果没有这个空间，你永远忙碌，你的心灵永远被与事业相关的各种事务所充塞，那么，不管你在事业上取得了怎样的外在成功，你都只是损耗了你的生命，而没有品尝到它的果实。

心灵的宁静

老子主张"守静笃"，任世间万物在那里一齐运动，我只是静观其往复，如此便能成为万物运动的主人。这叫"静为躁君"。

当然，人是不能只静不动的，即使能也不可取，如一潭死水。你的身体尽可以在世界上奔波，你的心情尽可以在红尘中起伏，关键在于你的精神中一定要有一个宁静的核心。有了这个核心，你就能够成为你的奔波的身体和起伏的心情的主人了。

寻求心灵的宁静，首先要有一个心灵。在理论上，人人都有一个心灵，事实上并不尽然。有一些人，他们永远被外界的力量左右着，永远生活在喧闹的外部世界里，未尝有真正的内心生活。对于这样的人，心灵的宁静就无从谈起。一个人唯有关注心灵，才会因为心灵被扰乱而不安，才会有寻求心灵的宁静之需要。

我们的先辈日出而作，日入而息，生活的节奏与自然一致，日子过得忙碌而安静。现代人却忙碌得何其不安静，充满了欲望、焦虑、争斗、烦恼。在今天，相当一部分人的忙碌是由两件事组成的——弄钱和花钱，而这两件事又制造出了一系列热闹，无非纸醉金迷、灯红酒绿、声色犬马。人生任何美好的享受都有赖于一颗澄明的心，当一颗心在低劣的热闹中变得混浊之后，它就既没有能力享受安静，也没有能力享受真正的狂欢了。

心静是一种境界。一个人只要知道自己真正想要什么，找到了最适合自己的生活，一切外界的诱惑和热闹对于他就的确都成了无关之物。

对于心的境界，我能够给出的最高赞语就是：丰富的单纯。这大致上属于一种极其健康的生长情况：一方面，始终保持儿童般的天性，所以单纯；另一方面，天性中蕴含的各种能力得到了充分的发展，所以丰富。我知道的一切精神上的伟人，他们的心灵世界无不具有这个特征，其核心始终是单纯的，却又能够包容丰富的情感、体验和思想。

与此相反的境界是贫乏的复杂。这是那些平庸的心灵，它们被各种人际关系和利害计算占据着，所以复杂，可是完全缺乏精神的内涵，所以又是一种贫乏的复杂。

除了这两种情况外，也许还有贫乏的单纯，不过，一种单纯倘若没有精神的光彩，我就宁可说它是简单而不是单纯。有没有丰富的复杂呢？我不知道，如果有，那很可能是一颗魔鬼的心吧。

太热闹的生活始终有一个危险，就是被热闹所占有，渐渐误以为热闹就是生活，热闹之外别无生活，最后真的只剩下了热闹，没有了生活。

在有些人眼里，人生是一碟乏味的菜，为了咽下这碟菜，少不了种种作料、种种刺激。他们的日子过得真热闹。

人既需要动，也需要静，在生命的活跃与灵魂的宁静之间形成适当的平衡。

我相信，在动与静之间，必有一个适合我的比例或节奏。如果比例失调，节奏紊乱，我就会生病——太动则烦躁，太静则抑郁。

每逢节日，独自在灯下，心中就有一种非常浓郁的寂寞，浓郁得无可排遣，自斟自饮生命的酒，别有一番酩酊。

往事的珍宝

人生中有些往事是岁月带不走的，仿佛愈经冲洗就愈加鲜明，始终活在记忆中。我们生前守护着它们，死后便把它们带入了永恒。

人心中应该有一些有分量的东西，使人沉重的往事是不会流失的。

人在世界上行走，在时间中行走，无可奈何地迷失在自己的行走之中。他无法把家乡的泉井带到异乡，把童年的彩霞带到今天，把十八岁生日的烛光带到四十岁的生日。不过，那不能带走的东西未必就永远丢失了。也许他所珍惜的所有往事都藏在某个人迹罕至的地方，在一个意想不到的时刻，其中一件或另一件会突然向他显现，就像从前的某一片烛光突然在记忆的夜空中闪亮。

我不相信时间带走了一切。逝去的年华，我们最珍贵的童年和青春岁月，我们必定以某种方式把它们保存在一个安全的地方了。我们遗忘了藏宝的地点，但必定有这么一个地方，否则我们不会这样苦苦地追寻。或者说，有一间心灵的密室，其中藏着我们过去的全部珍宝，只是我们竭尽全力也回想不起来开锁的密码了。然而，可能会有一次纯属偶然，我们漫不经心地碰对了这密码，于是密室开启，我们重新置身于从前的岁月。

人生中一切美好的时刻，我们都无法留住。人人都生活在流变中，人人的生活都是流变。那么，一个人的生活是否精彩，并不在于他留住了多少珍宝，而在于他有过多少想留而留不住的美好时刻，正是这些时刻组成了他的生活中流动的盛宴。留不住当然是悲哀，从来没有想留住的珍宝则是更大的悲哀。

世上有一样东西，比其他任何东西都更忠诚于你，那就是你的经历。你生命中的日子，你在其中遭遇的人和事，你因这些遭遇产生的悲欢、感受和思考，这一切仅仅属于你，不可能转让给其他任何人，哪怕是你最亲近的人。这是你最珍贵的财富，而只要你珍惜，它就会是你最可靠的财富，无人能够夺走。相反，如果你不珍惜，它就会随岁月流失，在世界上任何地方都找不到了。正因为此，我一直主张人人养成写日记的习惯。

相比之下，金钱是最不可靠的财富。金钱毫无忠诚可言，它们没有个性，永远是那副模样，今天在你这里，明天会在别人那里，后天又可能回到你这里。可是，人们热衷于积聚金钱，轻易挥霍掉仅仅属于自己的经历，这是怎样的本末倒置啊。

圣埃克苏佩里说："使沙漠显得美丽的，是它在什么地方藏着一口水井。"我相信，童年就是人生沙漠中的这样一口水井。始终携带着童年走人生之路的人是幸福的，由于心中藏着永不枯竭的爱的源泉，最荒凉的沙漠也化作了美丽的风景。

逝去的感情事件，无论痛苦还是欢乐，无论它们一度如何使我们激动不宁，隔开久远的时间再看，都是美丽的。我们还会发现，痛苦和欢乐的差别并不像当初想象的那么大。欢乐的回忆夹着忧伤，痛苦的追念掺着甜蜜，两者又都同样令人惆怅。

消逝是人的宿命。但是，有了怀念，消逝就不是绝对的。人用怀念挽留逝者的价值，证明自己是与古往今来一切存在息息相通的有情。失去了童年，我们还有童心。失去了青春，我们还有爱。失去了岁月，我们还有历史和智慧。没有怀念，人便与木石无异。

　　然而，在这个日益匆忙的世界上，人们愈来愈没有工夫也没有心境去怀念了。人心如同躁动的激流，只想朝前赶，不复反顾。可是，如果忘掉源头，我们如何校正航向？如果不知道从哪里来，我们如何知道向哪里去？

　　意义的源泉是追求和怀念，而不是拥有。拥有的价值，似乎仅在于它使追求有了一个目标，使怀念有了一个对象。拥有好像只是一块屏幕，各种色彩缤纷的影像都是追求和怀念投射在上面的。

　　逝去的事件往往在回忆中获得了一种当时并不具备的意义，这是时间的魔力之一。

　　人生一切美好经历的魅力就在于不可重复，它们因此永远活在了记忆中。

活出真性情

我的人生观若要用一句话概括，就是真性情。我从来不把成功看作人生的主要目标，觉得只有活出真性情才是没有虚度人生。所谓真性情，一面是对个性和内在精神价值的看重，另一面是对外在功利的看轻。

人生中一切美好的事情，报酬都在眼前。爱情的报酬就是相爱时的陶醉和满足，而不是有朝一日缔结良缘；创作的报酬就是创作时的陶醉和满足，而不是有朝一日名扬四海。如果事情本身不能给人以陶醉和满足，就不足以称为美好。

为别人对你的好感、承认、报偿做的事，如果别人不承认，便等于零。为自己的良心、才能、生命做的事，即使没有一个人承认，也丝毫无损。

我之所以宁愿靠自己的本事吃饭，原因之一是为了省心省力，不必去经营我所不擅长的人际关系。

当我做着自己真正想做的事情的时候，别人的褒贬是不重要的。对我来说，不存在正业、副业之分，凡是出自内心需要而做的事情都是我的正业。

"定力"不是修炼出来的，它直接来自所做的事情对你的吸引力。我的确感到，读书、写作以及享受爱情、亲情和友情是天下最快乐的事情。人生有两大幸运，一是做自己喜欢做的事，另一是和自己喜欢的人在一起。所以，也可以说，我的"定力"来自我的幸运。

世上有味之事，包括诗、酒、哲学、爱情，往往无用。吟无用之诗，醉无用之酒，读无用之书，钟无用之情，终于成一无用之人，却因此活得有滋有味。

真实是最难的，为了它，一个人也许不得不舍弃许多好东西：名誉、地位、财产、家庭。但真实又是最容易的，在世界上，唯有它，一个人只要愿意，总能得到和保持。

　　成熟了，却不世故，依然一颗童心。成功了，却不虚荣，依然一颗平常心。兼此二心者，我称之为有真性情。

　　我不愿用情人脸上的一个微笑换取身后一个世代的名声。

图书在版编目（CIP）数据

每个生命都要结伴而行：全新修订版 / 周国平著
. -- 长沙：湖南文艺出版社，2020.1
ISBN 978-7-5404-9378-3

Ⅰ.①每… Ⅱ.①周… Ⅲ.①散文集—中国—当代
Ⅳ.① I267

中国版本图书馆 CIP 数据核字（2019）第 264783 号

上架建议：文学·散文

MEI GE SHENGMING DOU YAO JIEBAN ER XING：QUANXIN XIUDING BAN
每个生命都要结伴而行：全新修订版

作　　者：周国平
出 版 人：曾赛丰
责任编辑：薛　健　刘诗哲
监　　制：邢越超
特约策划：李彩萍　闫　雪
特约编辑：万江寒
版权支持：姚珊珊
营销支持：文刀刀　傅婷婷　周　茜
版式设计：梁秋晨
封面设计：利　锐
封面插画：站酷@花吃了那怪兽
出　　版：湖南文艺出版社
　　　　　（长沙市雨花区东二环一段508号　邮编：410014）
网　　址：www.hnwy.net
印　　刷：天津丰富彩艺印刷有限公司
经　　销：新华书店
开　　本：835mm×1270mm　1/32
字　　数：129千字
印　　张：7
版　　次：2020年1月第1版
印　　次：2020年1月第1次印刷
书　　号：ISBN 978-7-5404-9378-3
定　　价：48.00元

若有质量问题，请致电质量监督电话：010-59096394
团购电话：010-59320018